우연처럼, 필연처럼, 운명처럼
찾아와 주신 분들께

서사희 ˙ᵕ˙

사랑하는
나의 억압자

서사희 장편소설

3

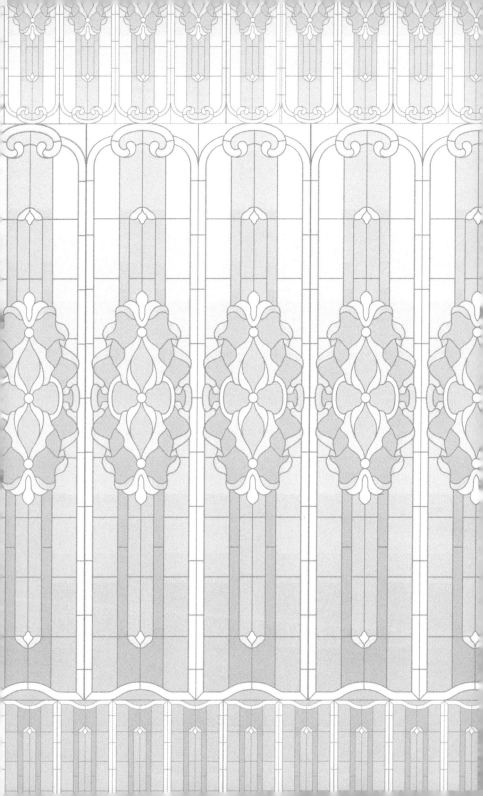

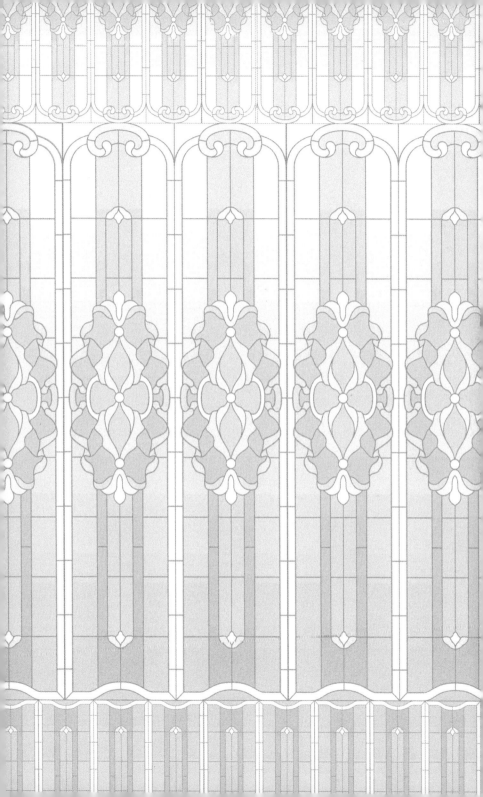

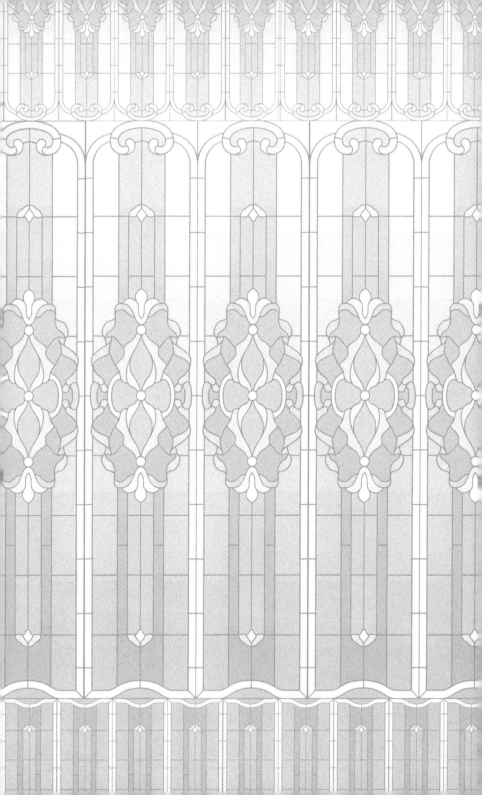

Contents

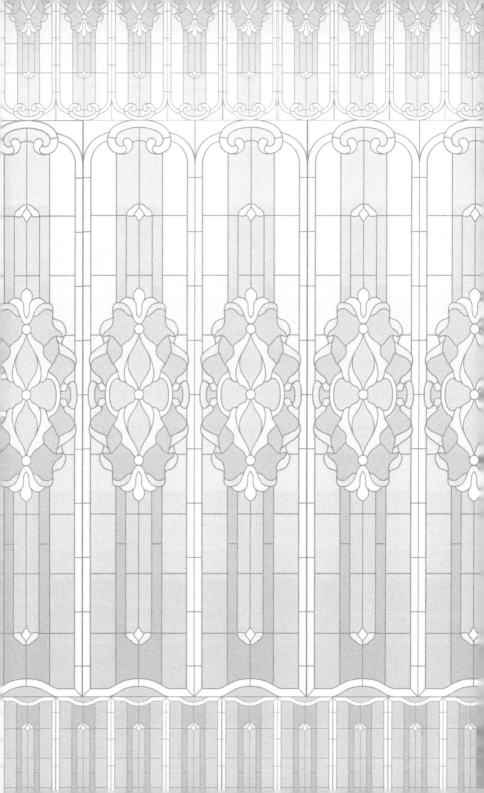

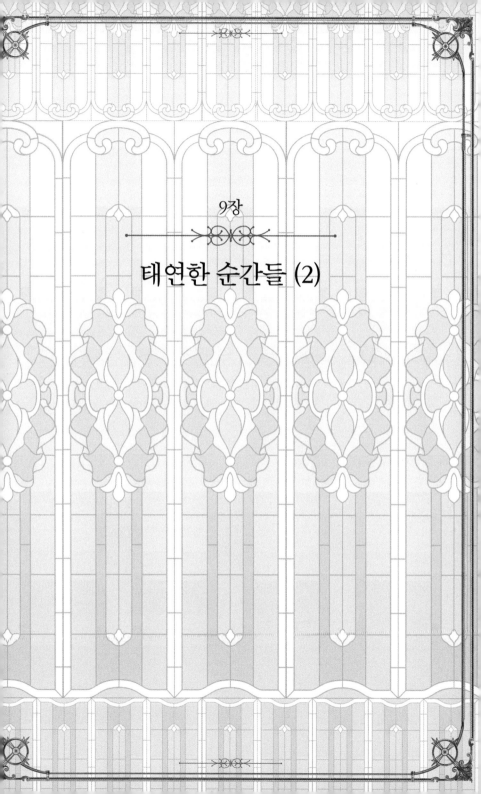

9장

태연한 순간들 (2)

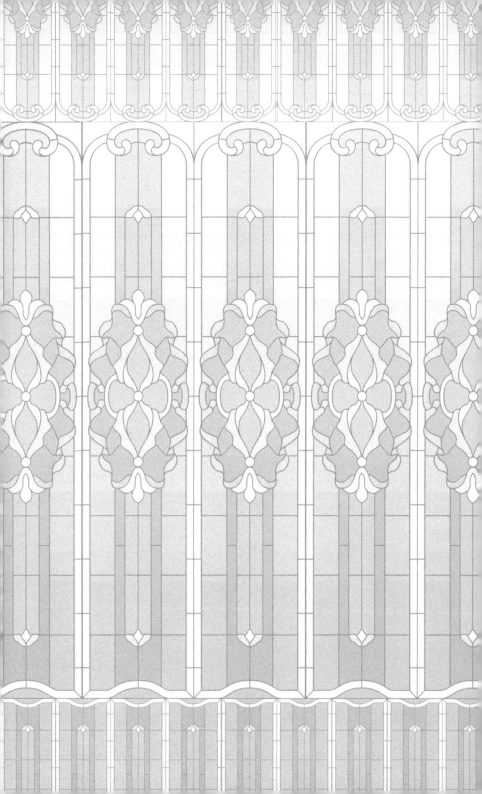

「친애하는 아네트에게.

신시어는 연일 흐리고 추운 날씨가 계속되고 있어요. 그곳은 어떤 가요? 많이 춥지 않아야 할 텐데. 목도리를 함께 동봉하긴 하는데 제 대로 전달될지 모르겠네요. 호스 부인이 아들에게 보낸 편지와 소포 가 중간에 분실되었거나 한참 지체되었더라는 말을 들었거든요.

(……중략……)

최전선으로 간다는 걸 알았으면 무슨 수를 써서라도 말렸을 텐 데, 정말이지 아네트는 제정신이 아니에요!

건강하죠? 아픈 데는 없고요? 우리는 잘 지내고 있어요. 올리비아 는 아직도 말문이 안 트였어요. 언제쯤 말을 하게 될까요? 엄마 소리 를 어서 듣고 싶은데. 아네트의 이름도 꼭 가르치도록 할게요. 돌아올 때쯤엔 올리비아가 당신을 부르는 소리를 들을 수 있게 될 거예요.

(……중략……)

우리 모두 아네트를 그리워하고 있어요. 전쟁이 끝나고 나면, 괜 히 다른 데로 새지 말고 곧장 우리 집으로 와요. 알겠어요?

721년 12월, 13일
사랑을 담아,
카트린 그로트」

「친애하는 아네트에게.

내 편지가 도착할 즈음이면 상황이 호전되길 바라며 적어요. 몬티올레 전선이 교착 상태라는 소식을 들었어요. 작전이 재배치되고 있다지요? 부디 최대한 많은 사람이 무사히 귀환하기만을 바랄 뿐이에요.

(……중략……)

참, 혹시 한스 기억나요? 과일 가게에서 당신에게 괜히 추근거렸던 그 얼간이요. 브루너의 아는 동생인. 걔도 입대했다고 들었어요. 신병 보충대라 최후방으로 가는 모양이에요.

고운 구석 하나 없는 놈인데, 그래도 그 전쟁터로 간다고 하니 눈물이 나더라고요. 모두가 전쟁 때문에 가슴 졸이며 살고 있어요. 나는 요즘 매일 교회에 가요. 아네트를 위해서도 늘 기도하고 있어요…….」

「나의 자랑스러운 아네트에게.

아, 기쁜 날이에요!

승전 호외를 확인하자마자 다리에 힘이 풀려서 주저앉을 뻔했어요. 어쩐지 당신의 지난 편지에서 희망이 엿보이더라니!

물론 이대로 전쟁이 끝일 거라는 기대까진 하지 않지만, 우리 모두 크게 안도하고 있어요. 국제적으로도 프란체는 크게 비판받고 있으니 어쩌면 이대로 물러날지도 모른다는 건 지나친 희망일까요?

(……중략……)

맙소사, 전남편을 만났다고요? 솔직히 말하자면, 전 그 사람이 당신을 찾아갈 거라고 예상은 하고 있었어요. 그는 당신의 종군 소식을 듣자마자 내게 전화했거든요. 화내는 게 얼마나 무섭던지……. 그래서, 당신 의견은 좀 경청하던가요?

(……중략……)

아네트, 그곳에서 더 머무를 생각인가요? 우리는 당신이 하루빨리 신시어로 돌아오길 바라요. 병사들뿐 아니라 의료 인력도 많이 다치고 죽었다고 들었어요.

물론 내게 아네트를 말릴 자격은 없다는 걸 알아요. 하지만 최소한 안전한 후방 병원으로 옮기는 것은 어떨까 해요.

아네트, 지겨운 말이라는 건 알지만, 부디 끝의 끝까지 몸조심해요.

주께서 늘 당신을 인도하고 보호하시기를.

승리를 축하하며, 사랑을 담아,
카트린 그로트」

아네트는 무거운 눈꺼풀을 들어 올렸다.

어둑한 시야가 파르르 떨리며 열렸다. 돌무덤에 온몸이 매몰된 것처럼 무거웠다. 그녀는 간신히 손끝을 까닥거렸다. 막 일어난 터라 사고가 둔해져서 상황 파악이 되지 않았다. 다만 이전보다 머리가 한결 개운한 느낌이었다.

아네트가 부스스 고개를 돌렸다. 간이 건물로 보이는 막사 안에 어두운 조명이 켜져 있었다. 낯선 곳이었다.

그녀는 더듬더듬 기억을 되짚었다. 분명 자신은 물품 확인 작업을 하고 있었다. 그때까지 몸 상태가 계속 좋지 않았던 것 같고…….

근래 두통과 어지럼증이 다시 심해져 있었다. 최전선에서도 멀쩡했던 몸인데, 아무래도 정신적인 스트레스가 큰 것 같았다.

아네트는 비척비척 침대에서 몸을 일으켰다. 피로가 조금 가신 것으로 보아 꽤 잔 것 같은데, 시간을 확인할 수가 없었다. 심지어 이곳이 어디인지도 가늠이 되지 않았다. 치료소라기보다는 개인 방에 가까운 곳이었다. 아네트가 아는 한, 야전 병원에 이런 곳은 없었다.

'빈 장교용 방인가?'

그건 그것대로 이상했다. 어디 크게 다친 것도 아니고 기껏해야 어지럼증 정도일 텐데, 빈 침대에 눕혀 놓으면 될 것을…….

괜한 불안감에 아네트는 서둘러 방을 나섰다. 문고리를 잡고 돌리자 문이 약간 삐걱거리는 소리를 내며 열렸다.

그녀가 반쯤 열린 문틈으로 고개를 들었다. 예상과 달리, 문밖은 복도가 아니라 또 다른 방이었다.

방 안의 널찍한 책상에 노란 램프가 하나 켜져 있었다. 구조에 의아함을 품는 순간, 서류를 든 남자와 시선이 마주쳤다.

아네트는 저도 모르게 굳었다. 모든 것이 지나치게 날카롭고 단정해— 일견 현실감 없이 느껴지는 얼굴이 그녀를 향해 있었다.

"……아?"

총사령관이었다.

아네트를 발견한 그가 자리에서 일어났다. 의자가 드르륵 뒤로 밀리는 소리가 났다. 아네트는 그때까지도 꼼짝 않고 서 있었다.

하이너는 큰 보폭으로 저벅저벅 그녀에게 걸어왔다. 놀란 사슴 같은 아네트의 얼굴에 그림자가 졌다. 익숙한 저음이 머리 위로 내려앉았다.

"일어났습니까?"

아네트는 대답 없이 다소 어리둥절하게 그를 바라보았다. 여전히 상황 파악이 잘 되지 않았다. 그가 무덤덤한 어조로 물었다.

"쓰러지기 전 일이 기억은 납니까?"

"……대충은요."

"당신 쓰러졌습니다. 과로인 것 같다더군요. 영양 불균형에, 수면 부족에."

"……"

"다시 들어가십시오. 당신은 좀 더 쉬어야 해."

"아뇨, 전."

아네트는 고개를 저으려 했지만 하이너가 먼저였다. 그는 그 어떤 반항도 허용하지 않겠다는 듯 그녀를 방 안으로 다시 밀어 넣었다. 몸에 힘이 거의 없던 터라, 하이너의 아주 약한 강제에도 그녀는 쉽게 밀려났다. 방 안으로 함께 들어온 그가 등 뒤로 문을 닫았다.

하이너는 거의 반강제로 그녀를 침대에 앉힌 후 명령했다.

"누우십시오."

하지만 아네트는 다시 눕지 않고 침대에 엉거주춤 앉아만 있을 뿐이었다. 억지로 눕힐 수는 없었던지, 그가 난감한 듯 한숨을 내쉬었다.

아네트는 최대한 강경하게 말했다.

"가 봐야 합니다."

"휴가도 안 썼더군. 지금 쓴다고 생각하십시오."

"쉬더라도 제 거처에서 쉬고 싶어요. 다른 사람들이 알면."

"내가 이곳으로 옮기도록 지시했습니다. 외부엔 모르게 했으니 걱정하지 않아도 됩니다."

"저는 이곳에 머무를 권한이 없습니다."

"그 권한은 내가 정합니다."

바늘도 들어가지 않을 만큼 완고하게 말한 하이너는, 잠시 후 나직이 덧붙였다.

"……명령입니다."

참 별 볼 일 없는 명령이었다.

아네트는 아랫입술을 지그시 당겨 물었다. 분명 마지막으로 헤어질 때 그에게 말했었다. 다시는 사적으로 볼 일이 없었으면 한다고. 그러나 기어코 하이너는 제 의사를 무시했다. 이혼한 후에도 여전히, 자신은 그에게서 자유로울 수가 없었다.

"……끝까지 이러시는군요. 각하께 실망했습니다."

"실망하라지."

"분명 뵙지 말자 말씀드렸을 텐데, 각하의 막사로 절 옮기신 이유가 뭔가요."

"내가 당신 의식 잃은 꼴을 몇 번이나 더 봐야 합니까?"

"각하의 소관이 아닙니다."

"쓰러지는 걸 내 눈으로 직접 보지만 않았어도, 최대한 당신 의사를 존중하려고 노력했을 겁니다."

"직접 보셨다고요? 대체 어디에 계셨던 건가요?"

아네트가 인상을 쓰며 물었다. 혹시 감시라도 하고 있었던 건가 싶었다. 그러나 하이너는 성의라곤 하나도 없이 대꾸했다.

"지나가던 길이었을 뿐입니다."

"그럼 그냥 지나가지 그러셨나요."

"야전 병원 내 당신의 입지가 어떤지 알아. 거기선 제대로 쉴 수 없으리라고 판단했습니다. 틀렸습니까?"

"그러니까 그냥 전방에 있게 두셨어야죠!"

"전방 상황이 어떤지 뻔히 아는데, 거기에 있게 두란 말입니까?"

"제겐 전방이 이곳보다 나아요. 거기 있었으면 적어도 이런 식의 스트레스는 안 받았을 겁니다."

"어떤 스트레스를 말하는 건데."

"전부요! 나에 대한 소문, 내 실력에 대한 폄하, 각하를 마주치게 되는 것까지, 전부! 아, 각하께는 좋은 건가요? 제가 더 힘든 상황에 있는 것?"

"당신이 이렇게 비꼬기를 잘하는 여자인 줄은 몰랐는데."

"이제라도 아셨으니 다행이군요."

스트레스와 피로도가 극에 달한 아네트는 상당히 예민해진 상태였다. 이 상황의 원인이 후방 병원으로 이동 명령을 내린 그라는 것을 상기할수록 더욱 그랬다.

하이너는 할 말을 잃은 표정으로 그녀를 응시하더니, 한 손으로 얼굴을 거칠게 쓸어내렸다.

"아네트, 나는 정말이지 당신과 싸우고 싶지 않아!"

"보지 않으면 싸울 일도 없을 텐데요."

"대체 왜 우리는 만나기만 하면……!"

"이해할 수가 없으니까요!"

하이너가 입을 다물었다. 아네트는 오랫동안 참아 왔던 사람처럼, 감정이 북받친 얼굴로 말을 쏟아 냈다.

"제 모든 걸 무너뜨린 건 각하셨습니다. 탓하려는 말이 아니라, 사실이 그렇다는 거예요. 이제 와 왜 이러시는지 도저히 이해가 안 됩니다. 차라리 각하의 복수가 아직도 끝나지 않았다고 말씀하세요! 그편이 더 이해할 수 있으니까!"

"이해할 필요가 있습니까? 난 당신에게 돌려줄 수 있는 것들을 돌려주려고 하고 있어, 진심입니다! 이거면 된 것 아닙니까? 대체 왜 당신은 일을 더 어렵게 만드는 거지?"

"전에 이렇게 말씀하셨죠, 내 동조를 바란 적 없다고. 아무 생각도 하지 말라고. 그냥 흘러가는 대로 살라고. 그게 내가 가장 잘하는 거니까."

"아네트, 나는."

"그래요, 맞아요. 난 일평생 생각하기를 회피해 왔어요."

서로의 시선이 한 치의 오차 없이 맞물렸다. 아네트는 자꾸만 흐트러지는 호흡을 가다듬으며, 또박또박 말을 이어 나갔다.

"그래서 이제 그러지 않으려고 해요. 나는 내 남은 삶을, 다른 이들을 이해하는 데 쓸 거예요."

"……이해? 당신이? 당신은…… 평생 이해 못 해."

"알아요."

"……."

"하지만 노력은 할 수 있는 거잖아요."

하이너의 눈이 한순간 일렁거렸다. 그는 고개를 가로저으며 약하게 떨더니, 억눌린 목소리를 토해 냈다.

"당신 삶을 다른 사람을 이해하는 데 쓸 거라고……?"

하. 그에게서 흐느낌 같은 조소가 흘러나왔다.

"여전히 나는 거기에 없군. 증오의 대상에도, 이해의 대상에도……. 기어코 난 당신 삶의 한 조각도 차지하지 못한 거야, 그렇지?"

하이너의 얼굴이 차근차근 부서져 내렸다. 그건 아주 느린 몰락처럼 보였다.

"아네트. 당신이란 여자는 참…… 사람을 보잘것없게 만드는 재주가 있어."

"……."

"전부, 전부 무의미했던 거군. 내가 한 짓들이…… 전부 무의미했어. 어차피 이런 결말이 될 거였는데—."

"당신을 사랑했어요!"

아네트가 발작하듯 외쳤다. 순간적으로 하이너의 어깨가 딱딱하게 굳어졌다.

"그렇기에 당신을 증오하지도, 이해하지도 않을 거예요. 그렇게 되는 순간, 결국 우리 둘 다 아프게 될 걸 아니까!"

아네트는 금방이라도 눈물을 떨어뜨릴 것처럼 서러운 표정이었으나, 동시에 머리끝까지 화가 난 것처럼 보이기도 했다.

"우린 만나는 것만으로 서로를 아프게 한다고요, 왜 이걸 몰라요? 왜 그렇게 멍청해요? 당신이 자꾸 이러는 건, 나뿐만 아니라 당신까지 망치는 거라고!"

"……사랑? 거짓말하지 마십시오. 당신은 내 삶에 한 발자국도 들여놓고 싶지 않은 마음을 고상하게 포장하는 것일 뿐이야."

"그래, 사랑은 아니었겠죠. 내가 사랑한 건 진짜 당신이 아니었으니까! 그래서 나더러 어쩌하라고요? 에당초 난 진짜 당신에 대해 아무것도 모르는데, 이제 와 대체 뭘 논하자는 거예요?"

"그걸 안다면, 날 사랑했다는 같잖은 핑계 따위 대지 마!"

그가 상처 입은 짐승처럼 으르렁거렸다.

"당신은 날 사랑한 적이 없습니다, 단 한 번도! 내가 당신을 속여 왔다는 사실을 알게 된 이후에도, 당신은 진짜 나를 알려고조차 하지 않았어!"

"알기 무서웠으니까요!"

"아니, 알고 싶지 않았던 겁니다. 혁명 이후 3년 내내 당신은 허상을 그리워하기만 했어! 환상에 매여 과거로 돌아갈 거라고 믿으면서! 현실을 인지조차 하지 못하고……!"

"알고 있었어요! 전부 거짓이라는 거!"

끝이 갈라진 외침과 동시에, 아네트의 뺨을 타고 눈물이 툭 미끄러졌다. 그 순간 짧은 정적이 그들 사이로 내려앉았다.

"……당신이 돌아올 리 없다는 거, 알고 있었다고."

하이너는 못 박힌 듯 서서 아연하게 그녀를 응시했다.

"다시는 돌이킬 수 없다는 것. 당신은 처음부터 날 사랑한 적이 없다는 것. 전부…… 알고 있었어요. 그런데 그 사실을 당신 입으로 확인받을 수가 없었어."

"……."

"그러면 정말 나에겐 아무것도 남지 않아서. 정말로 살 이유가 없어져서. 내가 선택할 수 있는 가장 나은 선택지가 죽음이니까."

그녀가 무너지듯 눈을 감자, 무겁게 고여 있던 눈물들이 후드득 떨어졌다.

"내가 무슨 마음으로 살기를 택했는데, 왜 자꾸만…… 자꾸 나를 괴롭게 해요……."

그녀의 말끝이 가냘프게 떨리다 잦아들었다. 아네트는 힘겹게 흐느낌을 삼키며 고개를 숙였다.

위태로운 정적 속에서— 낡고 오래된 마음들이 자맥질했다. 아가미가 없는 삶은 호흡을 위해 수중 위로 떠올랐다가, 무게를 견디지 못하고 다시 가라앉기를 반복했다.

하이너는 대열에서 이탈한 병사처럼 멀거니 서 있었다. 숲을 헤치고 오는 이가 아군인지 적군인지 알 수 없어 두려워하는 듯한 얼굴로.

끌로 깎아 낸 듯한 음성이 그의 목을 긁으며 흘러나왔다.

"……울지 마."

하이너는 비틀거리듯 한 걸음을 내디뎠다. 떨리는 손이 허공으로 뻗어 나갔다.

"울지 마, 제발……. 나는 당신이 울면 어떻게 해야 좋을지 모르겠어……."

그는 그녀의 머리를 어설프게 끌어안은 채 혼잣말처럼 중얼거렸다.

"당신이랑 있으면 나는 불행해지기만 해……."

그의 품에서 아네트는 그리움과 충족감, 그리고 동시에 견딜 수 없는 고통을 느꼈다. 익숙하고도 낯선 감각이었다.

아네트는 그들의 꼴이 꼭 가시넝쿨 같다고 생각했다.

과거 그녀의 연습실은 로젠베르크 저택의 가장 깊은 곳에 위치해 있었다. 근처 정원은 관리인의 손길이 닿지 않던 곳이라 가시넝쿨이 무성했다. 넝쿨들은 얽히고설켜 어디가 시작이고 어디가 끝인지조차 알 수 없었다. 지금 그들도 마찬가지였다.

서로의 가시투성이 삶을 끌어안은 채, 서로를 옭매고 억압하며…….

이 비뚤어진 욕망들은 언제 끝이 나는 것일까.

"로젠베르크 양은 욕망이 언제 충족된다고 생각하시나요?"

문득 철학 선생의 질문이 떠올랐다. 그녀에게 우연과 운명의 관념에 대해 가르쳤던 선생이었다.

"……인간은 욕망을 충족하기 위해, 사막의 신기루에 닿고 싶어 하듯 대상을 향해 걷고 또 걷지만……. 욕망의 대상은 절대 욕망을 충족시킬 수 없어요."
"그럼 인간은 평생 욕망을 완벽히 충족하지 못하며 살게 되는 건가요?"
"아뇨, 딱 하나 가능한 게 있어요."
"그게 뭐죠?"
"죽음."

서로의 가시투성이 삶을 끌어안은 채,

"오직 죽음만이 아무것도 욕망하지 않아요."

죽을 때까지 서로를 옭매고 억압하며…….
불현듯 그의 품이 참을 수 없이 갑갑해졌다. 아네트는 거부하듯 상체를 뒤로 뺐다. 턱 끝에 맺혀 있던 눈물이 한 방울 뚝 떨어졌다. 그녀는 눈을 꾹 감으며 고개를 돌렸다. 하이너는 제 텅 빈 손을 잠시 내려다보다가, 다시 그녀에게 시선을 돌렸다.
한참 동안 침묵이 흘렀다. 아네트는 고집스럽게 고개를 돌린 채 그를 외면했다.

"……과거에."

어느 순간 그가 조용히 입을 열었다.

"전쟁에 몇 번 참전한 적이 있습니다. 신분은 다양했습니다. 프란체의 병사일 때도 있었고, 알마니아의 병사일 때도 있었고, 어느 내전의 용병일 때도 있었습니다."

"……."

"나는 다양한 전장을 전전하며— 정의가 때로 얼마나 무서울 수 있는지를 뼈저리게 배웠습니다. 정의라는 대의 아래서는 너무 많은 것들이 용서되더군요."

"……."

"나는 지금 정의를 명분으로 내세우고 있습니다. 혁명군에 합류했을 때부터, 이 자리에 오르기까지…… 줄곧 그래 왔습니다. 하지만 압니까."

하이너의 씁쓸한 조소가 들려왔다.

"난 단 한 번도 정의로운 인간이었던 적이 없습니다."

"……."

"생각해 보면 나 역시 그들처럼, 정의라는 대의 아래에서 나의 많은 것들을 용서했습니다. 나는 적군을 죽였습니다. 작전에 어긋나면 민간인도 죽였고, 때로는 동료도 친구도 죽였습니다."

아네트는 그제야 천천히 고개를 돌렸다. 두 뼘 정도의 거리에서 얼굴과 얼굴이 마주했다.

"아니, 어쩌면 나는 그들보다도 못한 인간일지도 모르겠군요. 사실 내게는 언제나 정의보다 더 중요한 것이 있었으니까."

그렇게 말하는 그는 마치 온기를 갈구하는 어린 짐승처럼 보였다. 그저 한없이 고독하고 연약한……

"아네트."

"……."

"나는 당신에게 죄를 논할 자격이 못 됩니다. 늘 그 사실을 알고 있었습니다. 그런 주제에 당신에게 내 삶의 책임마저 전가했으니…… 나는 정말이지 최악도 못 되는 인간이겠지."

"……."

"지금껏 신이 내게서 모든 걸 앗아 간 건 그래서였나."

그의 낯 위에는 고통이 지문처럼 얼룩져 있었다. 하이너가 일그러진 미소를 지었다.

"내 주변에 있던 사람들은 다 나를 떠나갔습니다. 당신마저 그중 하나가 될 수는 없어. 당신 하나만은……."

하이너는 눈을 감은 채 혼잣말처럼 뇌까렸다. 그의 숨이 가늘게 떨렸다.

"당신 하나만은 이 세상에 남아 있는 게 맞아."

아네트는 그가 울고 있다고 생각했다. 그의 눈에 물기라곤 전혀 보이지 않는데도. 처음으로 자신의 과거 일부분을 꺼내는 그에게선, 증오가 아니라 슬픔이 보였다.

'왜?'

군 교회에서 그를 보고 떠올렸던 의문이 되살아났다. 단 한 번도 묻지 않았던, 그의 진짜 과거에 대한 의문이.

당신의 과거에 어떤 일들이 있었나.

당신의 과거에 내가 존재하는 걸까.

나는 당신에게…… 대체 어떤 존재인지.

낯선 말들이 가슴속에서 맴돌았다. 이미 늦었다는 것을 알았다. 묻지 않는 것이 더 좋다는 것도 알았다. 삶에는 알게 되는 순간, 돌이킬 수 없게 되는 것들이 있기에.

아네트의 입술이 느리게 달싹였다. 한참을 머뭇거리던 그녀가 입을 열려는 순간─ 하이너가 눈을 떴다.

"당분간 당신을 직위 해제하겠습니다."

"……뭐, 라고요?"

"당분간입니다. 이르면 다음 주, 늦어도 다다음 주 중에 타 지역으로 이동 명령이 떨어질 겁니다."

언제 그랬냐는 듯 감정이 지워진 목소리였다.

"그때까진 이곳에서 머무르십시오. 재발령 전까지 모든 업무 행위를 금지합니다. 이를 어길 경우, 명령은 그만큼 늦춰질 겁니다."

"각하."

"이후론 당신이 바라는 대로…… 당신이 선택한 생에 끼어들지 않을 테니까. 당신 삶에서 완벽한 타인이 되어 줄 테니까……."

"……."

"그것만은 해."

새벽녘 흐린 그늘에 괸 물처럼 적요한 눈이었다. 그의 얼굴에선 더 이상 감정의 편린이 엿보이지 않았다.

아네트는 반발하려고 했지만, 어쩐지 말문이 막혔다. 정말로 이게 그의 최대라는 생각까지 들었다. 방금 전에 들었던 그의 이야기 때문인지, 여전히 얼룩져 있는 그의 낯 때문인지, 혹은 이후엔 삶에서 완벽한 타인이 되어 주겠다는 말 때문인지는 몰랐다.

물론, 어차피 이 상황에서 선택지는 하나였다.

아네트는 미묘한 표정으로 그를 응시했다. 하이너는 대답을 종용하듯 시선을 피하지 않았다. 이윽고 그녀는 눈을 내리까는 것으로 답을 대신했다.

「추신 1. 올리비아가 '음'이라는 말까지 할 줄 알게 되었어요. 이제 '마'만 하면 될 텐데.

추신 2. 브루너는 그렇게 따진다면 올리비아가 '아'를 이미 수천 번은 더 했다고 말하네요.

추신 3. 이 말을 쓸까 말까 고민하다가 쓰지 않았는데, 아무래도 쓰는 것이 맞는 듯하여 추가로 답니다.

전남편에 관한 이야기가 나와서 말인데요— 이따금 나는 당신이 여전히 그 사람을 잊지 못하고 있다고 생각했어요. 당신이 그를 계속 사랑하고 있다는 뜻이 아니에요. 문자 그대로 잊지 못하고 있다는 뜻이죠.

아네트, 기억이라는 건 주머니 속의 작은 조개껍데기 같은 거랍니다. 평소에는 잊고 살다가도, 문득 주머니에 손을 넣어 그것을 만질 때면 바다에 대한 기억을 상기할 수 있는.

잊으려고 노력하지 않아도 돼요. 어차피 어떤 기억은 평생 잊을 수 없으니까요. 잊지 못한다고 자책할 필요도 없어요. 어느 날 조개껍데기를 만졌을 때 느끼는 감정이 여전히 유효하다면, 유효한 대로 두세요.

아네트는 늘 지나치게 자신의 마음을 허락받으려고 하더군요. 정 그렇다면 내가 허락할게요. 조금쯤은 마음 가는 대로 느껴도 좋아요. 내게 그 정도 자격은 있겠죠?」

아네트는 총사령관에게서 강제 휴가를 명령받은 후, 꼼짝없이 그의 처소에서 쉬어야 했다.

하이너는 그녀가 본래의 숙소로 돌아가는 것도 허락하지 않았다. 명을 어기고 돌아다닐지도 모른다는 것과, 병원 내에선 제대로 쉴 수 없을 거라는 것이 이유였다.

사실 그의 말은 틀리지 않았다. 후방 병원에서 아네트는 관저에 있을 때만큼이나 스트레스에 시달리고 있었다. 고된 노동까지 추가되니 피로도가 더했다. 차라리 업무를 더 떠맡고 몸이 힘든 것이 낫지, 사람들의 시선과 수군거림을 견디는 것은 그녀를 정신적으로 지치게 했다. 게다가 아네트는 그녀를 제외하고도 일곱 명과 한방을 썼다. 지난 몇 개월 동안, 혼자 있을 수 있던 적이 손에 꼽을 정도였다.

솔직히 말하자면…… 개인 방을 쓰는 것은 정말로 편했다.

물론 총사령관 막사 내에 딸린 작은 공간에 불과했다. 그러나 개인 방이라는 것만으로도 이곳에선 엄청난 호사였다.

갑자기 숙소를 비운 아네트에 대해 이런저런 말들이 돌겠지만, 그런 것은 신경도 쓰이지 않을 정도로 그녀는 완전히 지쳐 있었다.

어차피 총사령관의 막사 내에서 일어나는 모든 일이 기밀이었다. 아네트의 존재 역시 마찬가지였다. 다른 이들은 그녀의 부재는 알되 행방은 몰랐다. 당연히 아네트 또한 하이너의 집무실에 함부로 들어가거나 서류를 볼 수 없었다. 방도 집무실에서 가장 먼 곳으로 배정받았다.

아네트는 하루 대부분을 잠으로 보냈다. 쌓인 피로 때문이기도 했지만, 무엇보다 가장 큰 이유는 할 일이 딱히 없어서였다.

애초에 군대 안에 제대로 취미 생활을 할 만한 게 있을 리 없었다. 책이 몇 권 비치되어 있긴 했지만 그게 다였다. 심지어 그녀는 외부인을 만나는 것도 금지되어 있었다. 총사령관 막사의 정확한 위치는 기밀이기 때문이었다.

결국 아네트가 이곳에서 제대로 소통하는 사람이라곤 하이너가 유일했다.

대체로 하이너는 몹시 바빴기에 얼굴을 자주 보지는 못했다. 회의가 길어질 때가 잦아 식사도 늦게 들기 일쑤였다. 그러나 그는 이따금 시간이 맞을 때면, 그녀의 방으로 찾아와 함께 식사하자고 권하곤 했다.

"식사했습니까?"

……이런 식으로.

고요한 가운데, 간이 테이블 위에서 수저 부딪치는 소리만 났다. 아네트는 퍽퍽한 빵을 잘게 부수어 수프에 넣었다.

총사령관 막사의 식사는 생각했던 것처럼 훌륭하지 않았다. 지금처럼 보급로가 원활한 상황의 병사들 배식보다 조금 나은 수준이었다.

'하긴, 연애할 때도 아무거나 다 잘 먹긴 했지.'

제법 깐깐한 입맛의 그녀와 달리 그는 모든 음식에 호불호가 없었다. 배만 채울 수 있으면 그만인 사람 같았다.

아네트는 우울한 눈으로 음식을 바라보았다. 종군하며 질 낮은 음식에는 제법 익숙해졌지만, 언제까지 이런 것만 먹어야 하나 막막한 것도 사실이었다. 그렇다고 음식에 대해 불평할 수도 없는 노릇이었다. 그녀는 괜히 수저로 수프를 휘휘 저으며 빵을 푹 적셨다.

이를 본 하이너가 약하게 인상을 쓰며 말했다.

"그 깨작거리는 버릇은 아직도 못 고쳤군."

"……그런 버릇 없었어요."

"있었습니다."

"내가 언제 그랬다는 건가요?"

"옛날부터 기분이 별로이거나 음식이 별로면 꼭 그랬잖습니까."

"보통 사람들은 다 그래요."

"난 안 그렇습니다."

"원래 각하께선 맛없는 것도 아무 말 없이 잘 드시잖아요."

"당신이 맛에 너무 예민한 겁니다."

"각하께선 너무 둔감한 거고요."

하이너가 한쪽 눈썹을 들어 올렸다. 아네트는 그의 시선을 피해 접시만 내려다보았다. 그가 한숨처럼 말했다.

"그렇다고 칩시다."

"그렇다고 치는 게 아니라, 각하께선 정말로 둔감해요."

"예민한 편은 아니지만 그렇다고 둔감한 편도 아닙니다."

"……짚고 넘어가야겠는데, 음식에서 상한 맛이 나는데도 잘만 드셨던 거 기억 안 나세요?"

하이너는 기억을 되짚었다. 아네트가 식사 도중 '이 음식, 재료가 상한 것 같지 않아요?'라고 물은 적이 있는 것 같기는 했다. 하지만 너무 오래전의 이야기였다.

"그뿐 아니라 딱 보기에도 너무 별로인 음식도 다 잘 드시기에, 그냥 저도 참고 먹었던 거예요."

"그럼 왜 그때 음식이 별로라고 말 안 했던 겁니까?"

"말했어요."

"처음에 말입니다. 내가 음식이 별로일 때의 당신 습관을 파악하게 된 건 조금 지나서였어. 난 그때 당신이 음식에 대해 불평하는 걸 들은 적이 없는 것 같은데."

"까탈스러운 여자로 보이기 싫었으니까요."

"……."

담담한 아네트의 답변에 하이너가 순간적으로 움찔했다.

아네트는 제가 내뱉은 말이 전혀 대수롭지 않은 것처럼 식사를 이어 나갔다. 그는 굳어진 채 그녀를 바라보았다.

왜인지 목이 꽉 졸려 오는 기분이었다.

과거 아네트는…… 언제나 솔직한 여자였다. 자신의 감정을 말하는 것에 스스럼이 없었고, 애정에도 솔직했다. 먼저 그에게 고백한 것만 봐도 그랬다. 그녀가 그럴 때마다, 하이너는 중심을 잃고 허둥거렸다. 이건 아무리 겪어도 익숙해지지 않는 종류였다.

지금이 그런 순간이었다.

"……무슨 뜻입니까?"

"네? 말 그대로예요."

"그러니까 무슨 뜻입니까? 그게."

하이너는 이미 아는 사실을 구태여 확인받고 싶은 아이처럼 물었다. 아네트가 고개를 약간 기울이며 대꾸했다.

"연애할 때였잖아요. 잘 보이고 싶은 게 당연하지 않아요?"

그는 제가 다시 물어놓고서도, 아무런 대꾸도 하지 못했다. 기계적으로 수저를 떴지만 맛이 잘 느껴지지 않았다.

과거 그에게 아네트는 언제나 마음을 얻어야 하는 대상이었다.

잘 보여야만 했고, 마음에 차야만 했다. 그녀의 심기에 거스르면 그들의 관계가 끝이 나게 될까 봐 늘 가슴 졸였다. 그의 머릿속에서 아네트는 손짓 한 번으로 그를 휘두를 수 있는 존재였다. 그렇기에 단 한 번도 그녀가 저와 비슷한 감정을 느꼈으리라는 생각을 해 본 적이 없었다.

물론 정말 진지한 감정이라곤 여기지 않았다. 기껏해야 다른 사람 앞에서도 으레 하는, 겸양과 내숭 같은 것이었을 테지.

그렇게 생각하면서도— 하이너는 자꾸만 허물어지려는 표정을 감추지 못했다.

아네트는 여전히 음식을 영 뜨지 못하고 있었다. 반도 넘게 남은 그녀의 그릇을 보며 하이너가 물었다.

"……그래서, 음식이 별로입니까?"

"음식은 괜찮아요."

"그럼 기분 쪽이겠군."

하이너는 손수건으로 입을 닦으며 물었다.

"무슨 문제입니까?"

"문제없어요."

"그럼 뭐 때문입니까?"

"……그냥 할 일이 없어서 그래요. 힘을 쓸 일이 없으니 많이 먹을 필요도 없고."

아네트가 무미건조하게 대꾸했다.

말마따나 그녀는 퍽 무료한 얼굴이었다. 하이너는 막사 안에서 할 만한 것들을 상기해 보다, 조심스레 질문했다.

"지루한 겁니까?"

"그런 거 아니니까 신경 쓰지 마세요."

다시 침묵이 흘렀다. 이곳에서 그들의 대화는 대체로 이런 식이었다. 과거 연애할 적의 순간들에서, 말다툼과 이후의 냉전만 빼내온 느낌이었다. 그도 딱히 자신과 있는 게 편하진 않을 텐데, 왜 자꾸 식사를 함께하려 드는지 모를 일이었다.

꾸역꾸역 식사하던 아네트가 생각났다는 듯 말했다.

"이동하기 전에, 만나고 싶은 사람이 한 명 있어요. 될까요?"

"……누굽니까? 병사?"

"네."

"뭐 때문입니까?"

"떠나기 전에 말은 전해야 할 것 같아서요."

"무슨 말을?"

"떠난다는 말이요……?"

"불허합니다."

그가 딱 잘라 말했다. 아네트는 순간 어이가 없어져서 입을 벌렸다.

"어차피 이동하려면 수송차를 타야 하잖아요. 그전에 잠깐만……."

"불허한다고 했습니다."

"……그럼 편지라도 전하게 해 주세요."

"당신이 지금 머무르고 있는 곳이 어딘지 자각하고 있는 겁니까? 어떤 말을 옮길 줄 알고?"

"편지 내용을 검열받으면 되잖아요. 서너 줄이면……."

"그 중사입니까?"

하이너가 수저를 탁 내려놓으며 물었다. 순식간에 테이블 위 분위기가 싸늘해졌다.

"……누군지가 중요한가요?"

"전쟁이 끝나면 결혼이라도 할 생각입니까?"

"네?"

기가 막힌 탓에 저도 모르게 목소리가 높아졌다. 아네트는 고개를 저으며 부정했다.

"무슨 소릴 하는 거예요? 전방에 있을 때 조금 친해진 것일 뿐이에요."

"그 중사도 그렇게 생각합니까?"

말문이 막힌 아네트가 입술을 달싹였다. 차마 그렇다는 말이 나오지 않았다.

라이언이 제게 마음이 있다는 사실은 짐작하고 있었다. 알면서도 애써 모른 척 굴며 어영부영 지내 왔을 뿐이었다.

라이언은 병영에서 거의 유일하게 그녀와 대화다운 대화를 해주었던 이였다. 이기적이라고 해도 어쩔 수 없지만…… 차마 거리를 둘 수가 없었다.

아네트의 침묵에 하이너가 바람 빠지는 소리를 냈다.

"당신이 그걸 모를 만큼 눈치 없는 여자는 아니지."

"……."

"전쟁터에서만 생을 보내 아무것도 모르는 군인과 새 출발이라도 하고 싶은 겁니까?"

"그런 생각 한 적 없어요."

"그런 생각을 한 적 없다면 더 어리석고."

"무슨 말을 하고 싶은 건가요, 대체?"

"전쟁이 끝나면 당신도 세상으로 돌아가야겠지. 어디로 갈 겁니까? 그로트 일가? 당신도 그곳에서 평생 지낼 생각은 없는 듯하니 독립한다고 치면…… 당신은 혼자 살아 본 적도 없고, 심지어 파다니아에서 여자 혼자, 그것도 얼굴이 알려진 당신이 혼자 사는 건 말할 수 없이 험할 테고."

하이너는 비스듬히 날이 선 얼굴로 말을 이었다.

"가장 이상적인 방법은 재혼이지. 당신은 여전히 젊고 아름다우니까. 그거면 충분한 얼간이들은 세상에 차고 넘치고."

"……그래서요?"

아네트는 냉담한 눈으로 그를 직시했다.

"제가 재혼을 한다고 한들 그게 각하와 무슨 상관이 있죠? 분명 말씀하셨잖아요. 이후론 제 삶에 끼어들지 않겠다고."

"……."

"약속 지키십시오, 각하."

더 이상 이야기가 길어져 봐야 피곤할 것 같았다. 아네트는 반 가까이 남은 음식을 들고 자리에서 일어났다. 그의 묵묵한 시선이 그녀의 얼굴 위로 따라붙는 것이 느껴졌다. 아네트는 애써 무시한 채 뒤돌아 입구 쪽으로 걸음을 옮겼다.

뒤에서 가라앉은 대꾸가 들려왔다.

"……그러지."

그리 좋지 않게 끝난 식사 이후, 아네트는 얼마 동안 그를 보지 못했다.

근래 총사령관 막사 내 분위기가 심상치 않았다. 보안을 위해 회의 장소도 막사가 아닌 다른 곳으로 옮긴 듯했다. 뭔가 일이 벌어졌다는 것을 짐작할 수 있었다. 무엇인지 알 도리가 없어 아네트는 불안한 마음을 안고 지냈다.

교회에 가서 기도라도 하고 싶었지만 마음대로 움직일 수 없는 처지였다. 결국 아네트는 종일 방 안에서 성경을 읽거나 기도를 하며 불안감을 달랬다.

며칠 후, 제법 늦은 밤에 하이너가 그녀의 방을 찾았다.

"들어가도 됩니까?"

"네, 괜찮아요."

침대에 앉아 가위로 옷의 실밥들을 제거하고 있던 아네트가 대답했다. 끼익 소리와 함께 문이 열렸다.

하이너는 방 안으로 한 발자국 들어서며 고개를 들었다.

"늦은 시간에 미안……."

바로 다음 순간 그의 몸이 뚝 굳었다. 동시에 그가 들고 있던 책과 서류 봉투가 후드득 바닥으로 떨어졌다. 아네트는 상황 파악을 하지 못한 채 의아한 표정을 했다. 하이너가 성큼성큼 달려오듯 그녀에게 다가오더니, 가위를 들고 있던 손목을 낚아챘다.

제대로 인식할 새도 없이 순식간에 벌어진 일이었다. 놀란 아네트의 손에서 힘이 풀렸다. 가위가 침대 이불 위로 툭 떨어졌다.

찰나 시간이 멈춘 것처럼, 둘 다 정지된 채 서로를 바라보았다. 아네트는 눈을 빠르게 깜빡였다. 고요해진 가운데, 하이너의 불안정한 숨소리가 선명하게 들렸다. 제자리에 박제된 석상 같던 얼굴은 잔뜩 흐트러져 있었다.

"하이너, 무슨……."

당혹한 아네트가 저도 모르게 그의 이름을 불렀다.

미친 듯이 흔들리던 회색 눈동자가 아래쪽으로 느리게 굴러갔다. 검은 동공은 약간 수축해 있었다. 하이너의 시선이 그녀의 무릎 위에 놓인 옷가지에 닿았다. 일시에 손목을 붙든 그의 손아귀에서 힘이 빠져나갔다. 아네트는 풀려난 손목을 가슴 쪽으로 당겨 붙였다.

하이너가 비틀거리며 한 걸음 물러났다. 그는 정신없는 얼굴로 약간 횡설수설했다.

"난…… 당신이…….″

"…….″

"당신이 또…….″

숨이 부족한 목소리가 불꽃에 사위어 가듯 잦아들었다. 날이 서 있던 공기도 조금씩 가라앉았다.

하이너는 거칠게 마른세수를 하더니, 안도인지 짜증인지 모를 한숨을 내쉬었다. 그가 침대 위에 떨어진 가위를 다시 바라보았다.

"……가위는 어디서 났습니까?″

"부탁해서 받았어요. 그냥 실밥 정리 좀 하려고…….″

"그런 건 나한테 말하십시오.″

가위 하나 받겠다고 바쁜 총사령관을 찾아가라니, 말도 안 되는 소리였다. 아네트는 중얼거리듯 작게 말했다.

"……뭘 걱정하시는 건지 알겠는데, 이젠 그럴 생각 없어요.″

"모르는 일이지.″

딱딱하게 대꾸한 하이너가 바닥에 떨어진 서류 봉투와 책들을 주웠다. 아네트는 가위와 옷가지를 침대 한쪽으로 치워 놓았다.

"그보다 무슨 일이세요?″

"받으십시오.″

아네트는 얼떨결에 그가 건네는 것을 안아 들었다. 확인해 보니

소설책 몇 권이었다.

"이건 왜……."

"읽으라고."

"아, 네."

그럼 책을 읽으라고 주지 먹으라고 주나. 그냥 '당신이 지루하대서 책을 구해 왔다'라고 하면 될 것을…….

그는 옛날부터 꼭 저런 식으로 말하곤 했다. 아네트는 연애 때나 지금이나 그의 성정 하나는 변한 게 없다고 생각하면서도, 고맙다는 듯 미소 지었다.

"정말 신경 쓸 것 없는데."

"그리고…… 당신에게 물어볼 게 하나 있는데."

"뭔가요?"

잠시 망설이던 하이너가 서류 봉투에서 종이를 몇 장 꺼냈다. 펜으로 직접 쓰인 악보였다. 그는 아네트에게 그 악보들을 내밀었다.

"혹시 이 곡이 뭔지 알 수 있겠습니까?"

"곡이요……?"

"음악에 제법 조예가 있는 이들도 무슨 곡인지 모르겠다고 하더군."

다소 뜬금없는 질문이었지만, 아네트는 딱히 더 묻지 않고 악보를 받아 살폈다. 확실히 낯선 조합의 음정들이었다.

악보를 몇 번이나 살펴본 그녀가 긴가민가한 표정으로 고개를 갸웃거렸다.

"음, 제 생각에 이 부분은 블라디미르이 교향곡 101번을 새롭게 기보한 것 같은데……."

"새롭게 기보했다고?"

"네. 그런데 블라디미르 말고도 다른 곡들에서도 따온 게 보여요. 그래서 무슨 곡인지 몰랐던 것 같아요. 기보가 꽤 능숙한데, 어울리지 않는 마디들을 조합한 게 좀 이상하네요."

"혹시 이상한 점을 더 자세히 살펴봐 줄 수 있겠습니까?"

하이너의 얼굴이 딱딱하게 굳어 있었다. 아네트는 왠지 모를 긴장감에 주저했다.

"악보를 보지 않은 지 너무 오래되어서……."

"천천히 봐도 괜찮으니, 조금이라도 걸리는 부분이 있다면 전부 말해 주십시오."

아네트는 미간을 좁힌 채 악보를 다시 살피려고 노력했지만, 그가 원하는 것이 대체 무엇인지 감이 잡히질 않았다.

"각하, 기밀 사항일 수 있는 건 이해하지만……."

아네트가 곤란한 얼굴로 그를 바라보았다.

"뭘 알고 싶으신 건지 정확히 말씀해 주셔야 해요. 기술적으로 이상한 부분을 찾기를 원하시나요, 아니면 음악적으로 이상한 부분을 찾기를 원하시나요?"

"둘 다 원합니다."

"기술적으로는 틀리더라도 음악적으로는 허용될 수 있어요. 그렇게 따진다면 한도 끝도 없고요. 이상한 점, 이라는 게 대체 어떤 거죠?"

그녀의 물음에 하이너는 잠시 침묵했다. 무언가를 가늠하듯 악보를 곰곰이 응시하던 그가 나직이 입을 열었다.

"……며칠 전 알마니아 연락기가 근처에 추락했습니다. 이 악보는 그 조종사가 지니고 있던 겁니다."

아네트의 눈이 커졌다. 알마니아는 프란체의 동맹국이었다. 추축국으로서 프란체와 함께 군대를 파견할 것이라는 예상이 파다하게 퍼져 있었다.

"다른 문서들은 따로 입수하기도 했고, 이 악보에선 이상한 점을 발견하지 못해서 참모들은 평범한 악보 같다고 했지만…… 파기 전에 혹시 몰라 당신에게 물어보려고 한 겁니다."

아네트는 긴장한 낯으로 악보를 다시 보았다. 생각보다 너무 큰일이었다. 게다가 위에서도 발견하지 못한 것을 제가 찾아낼 수 있을까 싶었다. 영 회의적이었지만, 그렇다고 대충 볼 수는 없는 노릇이었다. 아네트는 음표들을 손가락으로 짚어 나가며 샅샅이 훑었다.

"음표에 알파벳을 대응시키는 건 해 보셨죠?"

"해 봤는데 안 맞더군요."

"그런가요. 음…… 중간중간 튀는 음들이 좀 있네요. 기보에 상당히 익숙한 사람 같은데."

아네트는 고개를 기울이며 중얼거렸다. 전반적으로 크게 수상한 점은 없지만, 왜 이렇게 기보했는지 의문이 드는 부분들이 있었다.

특히 F-G-A이라는 동기가 반복되는 점이 조금 거슬렸다. 그 부분을 한참 살펴보던 그녀의 미간이 좁혀졌다. 아네트는 곧장 서랍을 열어 수첩과 펜을 꺼냈다. 중간중간 더듬거리면서도, 그녀는 악보의 음형을 차례로 적어 나갔다.

이를 가만히 관찰하던 하이너가 팔짱을 끼며 말했다.

"음형도 대응해 봤었지만."

"잠시만요."

그의 말을 가로막은 아네트가 분주히 펜을 움직였다. 이윽고 그녀는 악보 한 장의 음형을 전부 옮겨 적었다. 아네트는 그것을 처음부터 차분히 읽어 내리며 펜으로 몇 군데를 표시했다. 그러고선 그에게 수첩을 보여 주었다.

"……음이름은 나라마다 다르게 읽어요. 악보 기보법도 약간 다르죠. 그중 지금 와선 거의 사장됐지만, 노만 식이라는 것이 있어요."

"노만? 포츠만에 정착했던 민족을 말하는 겁니까?"

"네. 제 피아노 선생님께서 포츠만에서 유학을 하신 적이 있어서, 그분께 노만 양식을 약간 배웠어요."

아네트가 'F G A'라고 적힌 음형을 가리키며 말을 이어 나갔다.

"악보에서 반복적으로 등장하는 동기인데, 파다니아도 따르고 있는 국제 표기에 따라 읽는다면 이게 맞아요. 하지만 이걸 노만 식으로 읽으면……."

둘의 시선이 지척에서 마주쳤다. 아네트의 입술이 천천히 움직였다.

"Pa, Sal, La."

"……."

"……가 되죠."

잠시 경직된 듯 서 있던 하이너가 수첩을 낚아채듯 들었다. 그는 딱딱하게 굳은 얼굴로 종이 위의 음형들을 읽어 내렸다.

파살라는 흑해에 위치한 산호초 섬이었다. 남부 지역의 보급선을 잇는 최전방 요충지이자, 연합군 항모의 육지 버전이라고 불릴 만큼 주요한 곳이었다.

"……혹시 또 발견한 점이 있습니까?"

"당장은 잘……. 하지만 모르죠, 더 숨겨진 게 있을지. 참고로 노만 식은 플랫을 's'로 표기해요. A플랫은 As, B플랫은 Bs…… 이런 식으로. 관련해서 대조되는 게 있을지도 몰라요."

"참고해서 해독해 보지. 혹시 문자가 아닌 숫자 암호를 여기 숨길 방법도 있겠습니까?"

"숫자……?"

아랫입술을 잘근잘근 물며 고민해 보던 아네트가 고개를 저었다.

"거기까진 잘 모르겠어요. 시간을 두고 좀 더 생각해 볼게요."

"알겠습니다. 악보는 필사본을 내일 중으로 전달할 테니, 조금 더 검토해 주십시오. ……많은 도움이 됐습니다."

"그렇다니 다행이군요."

"또 미안하지만, 직위 해제 기간을 늘리겠습니다. 이동 금지령도 당분간 연장될 겁니다."

"뭐……? 자, 잠깐만요."

"내일 아침은 같이 먹지. 그럼 쉬십시오."

졸지에 알마니아에서 유출된 기밀 사항을 알아 버렸으니, 이 명령이 이해되지 않는 것은 아니었다. 그러나 어쨌거나 그녀로선 억울한 문제였다.

"직위 해제 기간이 언제까지인데요? 언제쯤 이동하게 되는 거고요?"

아네트의 물음에도, 그는 대꾸 없이 악보를 봉투에 넣은 후 침대 위에 놓여 있던 가위와 옷가지를 챙겼다.

"그건 왜 가져가요? 다 끝내지도 못……."

"내가 해서 내일 아침에 돌려주겠습니다."

"무슨 말도 안 되는 소리예요. 주세요!"

하이너는 들은 척도 않고 걸음을 옮겼다. 황당해진 그녀는 더 뭐라 말할 생각도 하지 못하고 침대에 멍하니 앉아 있었다.

그가 방문을 열었다. 하이너는 고개를 반쯤 돌린 채 나직이 말했다.

"…… 좋은 밤 되길, 아네트."

10장
삶의 선택지

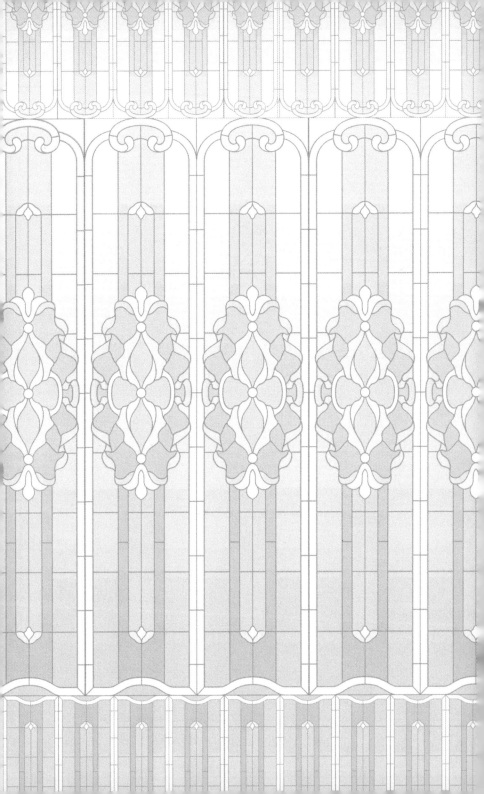

다음 날 아침 식사 자리에서 하이너는 그녀에게 악보 사본과 옷을 건네주었다. 아네트는 실밥이 깔끔하게 정리된 옷을 확인하고선 물었다.

　"직접 한 건가요?"

　"직접 한 게 아니면?"

　"……수고하셨네요. 감사해요."

　당연히 아랫사람을 시켰을 줄 알았다. 이 바쁜 와중에 정말로 이걸 직접 했다니, 기가 막혔다. 와중에 어제 실밥을 정리했던 가위는 보이지 않았다. 옷만 덩그러니 돌아왔을 뿐이었다.

　'빌린 거라 돌려줘야 하는데.'

　하지만 그것을 언급하는 일 자체가 조금 꺼려졌다. 괜히 과거의 기억을 이 자리에 또 꺼내 오고 싶지 않았다. 아네트는 결국 가위를 돌려받는 것을 포기하고, 악보 사본을 열어 훑어보았다 이후로 이어진 대화 역시 대부분 암호문에 관한 것이었다.

　그녀는 악보를 다시 점검하며 그에게 조금 더 자세한 것을 물었다. 이를 발견했을 때의 정황이나, 해당 암호와 관련된 다른 기밀 서류의 존재 등이었다.

하이너는 의외로 질문들에 순순히 대답해 주었다. 이미 그녀의 거취가 제한되어서인지, 아니면 이왕 이렇게 된 것 아예 믿기로 해서인지는 알 수 없었다.

"사실 알마니아의 연락기는 단순 추락이 아니라 우리 군 측에서 격추한 겁니다. 연락기에 타고 있던 장교는 작전계획서를 비롯한 기밀문서들을 소지하고 있었습니다."

"작전계획서요? 그것과 다른 기밀문서들도 암호화되어 있나요?"

"반은 그렇고 반은 아닙니다. 덕분에 암호해독부가 밤낮없이 바쁜 나날들을 보내고 있죠."

"그래도 정보의 우위를 점할 수 있어서 정말 다행이에요. 혹시 해독된다면 그것들과 이 암호 정보를 조합해 볼 수 있겠네요."

"그러지 않아도 비교 대조하고 있는데, 숫자와 관련된 정보에 공백이 있습니다. 악보에 숫자 암호를 숨길 방법이 있는지 물어본 것도 이 때문입니다."

"그렇군요……."

아네트의 얼굴이 약간 흐려졌다. 이야기를 들을수록 부담감이 배가 되었다. 그와 반비례해 자신감은 뚝뚝 떨어졌다. 어제는 그저 운이 좋았을 뿐, 더 이상 무언가를 알아낼 수 있을 것 같지가 않았다. 당연한 말이지만 아네트는 암호 해독에 대해선 무지했다. 또 잘못 해독하기라도 한다면 어쩌나 싶은 걱정도 있었다. 이건 그녀가 맡기엔 지나친 기밀이었다.

그런 그녀의 기색을 알아챘는지, 하이너가 입을 열었다.

"……꼭 무언가를 밝혀내야 한다고 생각하지 않아도 됩니다. 당신은 그저 수상한 점이나, 달리 생각할 만한 방법만 알려 주어도 충분합니다. 어제의 노만 양식처럼."

그는 컵을 놓으며 무심히 말을 이었다.

"그럼 우리가 당신 의견을 포함한 모든 경우의 수를 고려하여 해독해 낼 겁니다."

회색 눈동자가 흔들리지 않고 그녀를 직시했다. 그의 담담하고 단정적인 문장은 커다란 신뢰감을 주었다.

왜인지, 이 순간 그의 위치가 실감되었다.

파다니아 군 최고 지휘관 하이너 발데마르ㅡ. 고아 출신으로 디트리히 후작의 측근 자리까지 올랐으며, 혁명군 간부로서 국가 개혁에 동참한 핵심 인물. 최연소로 육군 대장을 거쳐 총사령관 자리까지 거머쥔 전설. 본토 첫 전투인 겨울 전쟁을 승리로 이끈 개선장군. 그리고 연합군의 패권을 쥐고 있는 권력자……

그에 대한 사감을 떠나, 하이너 발데마르는 파다니아의 영웅이었다. 그가 그렇게 될 거라고 말한다면 정말 그렇게 될 것 같았다.

문제는 그녀 자신이었다. 아네트는 여전히 스스로에 대한 확신이 없었기에 주저했다.

"하지만 저는 피아노를 그만둔 지 너무 오래되었고…… 연주와 기보는 엄연히 다른 분야이기도 하고……. 저보다 전문적인 분들께 묻는 게 나을 거예요."

"당신은 내가 아는 피아니스트 중 가장 재능 있는 사람입니다."

아네트는 그가 상황이 급해 빈말하는 것이라고 치부했다. 그녀가 옅게 미소 지으며 말했다.

"물론 할 수 있는 데까지는 할 테니, 굳이 그렇게 말하지 않아도 돼요."

"거짓말이라고 생각하는군."

"펠릭스 카프카를 만난 적 있잖아요. 그가 얼마나 훌륭한 피아니스트인지 잘 알 텐데요."

"당신이 피아노를 그만두지 않았다면, 카프카의 나이쯤 되었을 때 당신은 더 훌륭한 피아니스트가 됐을 겁니다."

하이너의 얼굴은 차분했고 어조에도 고저가 없어 도저히 거짓말을 하는 것 같지는 않았다. 하지만 동시에 아네트는 그가 얼마나 거짓말에 능숙한 사람인지도 잘 알았다.

그녀는 나이프로 소시지를 자르며 쓰게 웃었다.

"……아닐걸요. 제 명성의 많은 부분이 아버지로부터 비롯되었던 거라."

과거 아네트가 이루었던 모든 것엔 후작의 꼬리표가 따라붙어 있었다.

아네트는 청소년기 때부터 국내 콩쿠르에서 늘 대상을 휩쓸었다. 국제 콩쿠르에서도 3위에 입상해 개인 연주회를 열며 피아노의 영재라고 불렸다.

그러나 혁명과 함께 모든 것이 무너졌다. 아네트가 그것들을 정말 제 실력으로 이루었든 아니든, 사실 여부는 상관없었다. 설령 사실이라 하더라도 후작의 부와 권력 아래서 이룬 것이 맞으니 할 말 또한 없었다.

"글쎄."

별안간 튀어나온 그의 말에, 아네트의 나이프가 잠시 멈칫했다.

"당신이 누렸던 것이 온당하다고 말할 수는 없겠지만, 적어도 당신 재능과 노력은 진짜입니다."

"……."

"난 당신이 얼마나 많은 곡을 전부 외우고 있었는지 압니다. 콩쿠르에서 미스 터치가 단 한 번도 없었던 유일한 참가자였다는 것도 압니다. 그리고 그렇게 되기까지 당신이 얼마나 노력했는지도."

아네트가 느리게 고개를 들었다. 하이너는 그저 있는 사실을 적시하듯 담담한 어조로, 계속해서 말을 이어 나갔다.

"연습실에서 혼자 괴로워하고 울던 것을 압니다. 당신이 연주뿐만 아니라 작곡에 흥미와 재능이 있었다는 것도, 발표하지 않은 곡들이 많다는 것도."

"……."

"당신 세계가 전부 그거였지. 그래서 바깥 세계엔 무심했던 거고. 나는 그런 삶을 살아 본 적이 없어서, 당신이 느꼈던 열정과 좌절감을 이해하지는 못합니다."

"……."

"하지만 그런 나조차도 알 만큼, 적어도 당신은 그 분야에선 훌륭했어. 그러니 당신은 내가 아는 피아니스트 중 가장 재능 있는 사람이 맞습니다. 이 일에 가장 적임자이기도 하고."

처음과 다름없이 확고한 문장이었다. 한 치의 동요도 망설임도 없는.

아네트는 숫제 할 말을 잃은 표정으로 있다가, 떨리는 손을 애써 감추었다. 그녀가 한 박자 늦게 입술을 뗐다.

"작곡은."

왜인지 목이 메어 말이 끊어졌다.

"공부를 제대로 끝내지도 않았어요."

"당신 스스로 그만뒀지,"

"……귀족 여자에겐 작곡보단 연주가 더 고상해 보이니까요."

"늘 그렇듯, 귀족들 식견이고."

"작곡엔 별로 재능이 없었어요. 그만둔 이유 중 하나죠."

"한 번도 정식으로 발표한 적 없잖습니까. 발표했다면 분명 달랐을 겁니다."

아네트는 방금 막 잠에서 깨어난 사람처럼 우두커니 그를 바라보았다. 이상한 기분이 들었다. 왜 저렇게 확신하는 걸까. 그녀 스스로조차 단 한 번도 확신하지 못했던 것을, 어째서 그는 저렇게까지 확신하는 것일까.

처음부터 하이너는 그녀의 연주에 관심을 가지긴 했었다. 그는 아네트가 제 자작곡을 보여 준 몇 안 되는 이기도 했다.

하지만 본질적으로— 하이너는 그녀의 세계에 깊숙이 들어오지 않았다. 그들 간에 무언가 음악적인 교류가 오간 적은 없었다. 아네트는 그것에 대해 대수롭지 않게 생각했었다. 애초에 하이너의 분야는 음악과 저 멀리 동떨어져 있었다. 그녀가 그의 분야에 대해 공감하기 어려운 것과 마찬가지였다.

또 으레 남성들은 여성의 피아노를 고상한 취미 정도로 여겼다. 그들에 비한다면, 이 정도 존중과 관심만으로도 그녀는 그가 괜찮은 남성이라고 여겼다. 그러니 하이너가 그녀의 세계에 깊숙이 발 들이지 않았던 것은 당연했다.

아니, 어쩌면 마치— 어느 정도 거리를 두려는 것처럼…….

여기까지 생각한 아네트는 기이한 확신과 함께 조금 의아해졌다. 그래, 마치 거리를 두려는 것처럼.

왜?

하이너는 그녀의 모든 취향을 알고 있었다. 아는 것뿐만 아니라 섭렵하기까지 했다. 이제 와 보면 당연했다. 마음을 얻어야 했으니까. 그러니 그 분야에서 거리를 둘 이유가 없었다. 피아노는 그녀의 삶에서 가장 큰 부분이었다. 가장 손쉽게 마음을 파고들 수 있는 부분이기도 했다.

언제나 그러하듯, 손쉽게 떠오르는 상념 끝엔 결과가 따라붙지 않았다. 그들의 과거는 반투명한 막에 싸인 것처럼 불분명하기만 했다.

"내 판단에 따라 당신에게 맡긴 겁니다. 당신에게 맡기는 것이 옳다고 판단해서."

지나치게 단정해서 무심하게까지 들리는 음성이 짧은 침묵을 깼다.

"그러니 당신은 그 여부를 확인하는 데에 시간과 신경을 쏟을 필요가 없습니다."

오만하게 들릴 수도 있는 말이었다. 하지만 발화자가 그여서인지 그저 사실관계를 설명하는 것처럼 느껴졌다.

아네트는 느리게 고개를 끄덕이고선 자른 소시지를 입에 넣었다. 씹는 순간 기름이 약간 배어 나오며 고소하고 짠맛이 났다. 처음으로 배급된 음식이 맛있다는 생각이 들었다. 그녀는 입 안의 것을 다 씹어 삼키기도 전에 포크로 소시지 하나를 찔러 또 입에 넣었다.

자꾸만 가슴속이 술렁거렸다. 유쾌한 감각은 아니었지만, 그렇다고 불유쾌한 감각도 아니었다.

참 아이러니했다.

한때 그녀의 전부였던 것을 인정해 준 유일한 사람이, 동시에 그녀의 전부를 무너뜨린 사람이라니. 이제 전부 무의미해진 일임에는 분명했다. 그러나 차분한 공허감 속에서도 감정의 부산물들은 먼지처럼 일렁거리며 오르내리기를 반복했다.

아네트의 망설임을 간편히 매듭지은 그가 물었다.

"해독하는 데 더 필요한 것은 없습니까?"

"아직은 잘 모르겠어요."

"혹시 직접 연주해 봐야 알 수 있는 부분이 있다면 준비하겠습니다."

"준비……?"

아네트가 의아하게 중얼거렸다. 하이너는 무슨 당연한 것을 묻냐는 듯 간단히 대꾸했다.

"피아노."

"아."

아네트는 뒤늦게 그의 말을 이해했다. 잠시 다른 생각에 잠겨 있었더니 머리가 제대로 돌아가질 않았다.

"아뇨, 괜찮아요. 악보만 봐도……."

아네트가 말끝을 흐렸다. 확신이 서지 않은 까닭이었다.

악보만 봐도 음을 다 유추할 수 있기는 하지만, 오랫동안 멀리해 온 터라 놓치는 부분이 있을지도 몰랐다. 실제로 쳐 봤을 때 음이 이상한 부분을 발견할 수도 있고.

머뭇머뭇 고민하는 아네트를 물끄러미 바라보던 하이너가 제안했다.

"혹시 모르니, 쳐 봐서 나쁠 것 없지 않습니까. 근처 교회에 피아노도 있고……. 당신만 괜찮다면."

확실히 그의 말은 타당했다. 그녀도 시도해 보는 것이 안 하는 것보다는 훨씬 좋다고 생각했다.

문제라면…… 피아노를 칠 수 있을지 없을지, 확신이 서질 않는다는 것이었다. 마지막으로 피아노를 쳐 본 것이 언제인지도 까마득했다. 펠릭스 카프카가 있던 파티에서 뛰쳐나온 것이 그녀가 기억하는 마지막 실패였다. 그러나 차마 그의 앞에서, 피아노를 아예

칠 수 없다는 말이 나오지를 않았다.

조국의 안전과 수많은 이의 목숨이 달린 일이었다. 이 같은 상황에서 고작 저따위 변명을 댄다는 건 말이 안 됐다. 대체 뭐가 문제냐고 생각할 것 같았다. 그녀 스스로도 그렇게 생각하고 있으니까.

"……네, 그러는 게 좋겠네요."

아네트는 미소를 띤 채 간신히 대답을 내놓았다.

그날 오후, 아네트와 하이너는 군용 차량을 타고 근처 교회로 이동했다. 차 안 창문은 전부 암막 커튼으로 가려져 있었다.

차체가 덜컹거리며 나아갔다. 어두운 차 안에서, 둘은 좌석 끄트머리에 각각 거리를 두고 앉아 있었다. 아네트는 무릎 위에 두 손을 모은 채 조용히 눈을 내리깔고 있었다. 창밖을 볼 수도 없으니, 멍하니 상념에 잠기는 것 외에는 할 일이 없었다.

교회에 가는 일이 무척이나 오랜만인 것처럼 느껴졌다. 실상 두 번의 일요일을 건너뛴 것에 불과한데도.

사람이 참 우스웠다. 혁명 이후 몇 년 동안이나 교회에 나가지 않으면서, 고작 두 번을 빠졌다고 이렇게 마음이 불안하고 허전했다.

그런 그녀의 속을 들여다본 것처럼 불현듯 하이너가 물어 왔다.

"당신, 계속 교회에 나갔더군."

"……네?"

"이곳에서 말입니다."

"아, 네. 매주……."

"신시어에서도?"

"아뇨, 신시어에선 바깥출입을 거의 하지 않았어요."

"그럼 왜 이곳에서 다시 교회를 나가기 시작한 겁니까? 한동안 다니지 않았었잖습니까."

아네트는 잠시 머뭇거렸다. 하이너가 무심히 덧붙였다.

"난 당신이 냉담자라도 된 줄 알았는데."

"냉담자였죠. 뭐 다시 독실해진 것도 아니에요."

"무신론자인 병사들도 전쟁터에선 교회에 나가듯이, 당신도 그런 건가?"

"그런 편인 것 같네요. 이야기할 곳이 필요하니까……."

"무슨 이야기를 말입니까?"

"그냥 전부."

"그럼 나한테 이야기하십시오."

"네?"

"전부."

순간 아네트는 어이가 없어서 그를 쳐다보았다. 하이너는 뻔뻔하기 그지없는 표정이었다.

"내가 왜요?"

"이야기할 곳이 필요하다면서."

"그게 각하는 아니죠."

"왜 내가 아니지?"

할 말이 없어진 아네트가 입술을 달싹였다.

'뭐라는 거야…….'

이게 대체 무슨 대화인지 알 수가 없었다. 그녀는 팔짱을 끼며 다시 고개를 정면으로 돌렸다.

"긱하께선 저한테 전부 이야기하시나요? 아니잖아요."

"당신과 대화하려고 노력하고 있습니다."

하이너는 담담히 말했다. 불시에 나온 솔직한 대답에 흠칫한 건 아네트였다. 그녀는 불편한 얼굴로 중얼거렸다.

"……우리 대화가 솔직한 적이 얼마나 있었다고."

중요한 건 얼마나 대화하느냐가 아니었다. 어떻게 대화하느냐였다. 서로에 대한 신뢰도 미래도 없는 이 관계에서는 그 어떤 대화를 해 봤자 소용이 없었다. 그도, 그녀도, 마음 깊은 곳을 숨기기에만 급급했을 뿐이니까.

잠시 후 차량이 서서히 멈추어 섰다. 둘은 말없이 차에서 내렸다. 해가 조금씩 지평선으로 가라앉고 있었다.

"내부는 비워 놓았습니다."

입구로 들어서며 하이너가 문득 말했다. 아네트는 조용히 고개를 끄덕였다.

그의 말대로 교회 안에는 아무도 없었다. 그녀는 적막한 예배당 안으로 발을 들였다. 예배당 양 벽을 스테인드글라스가 길게 채우고 있었다. 밑바탕이 성화로 장식된 색색의 글라스들은 오후의 비스듬한 빛을 받아 신성하고 숭고한 분위기를 풍겼다.

아네트는 중앙을 가로질러 피아노 쪽으로 걸어갔다. 검은 뚜껑을 열자 차가워 보이는 건반이 드러났다. 잠시 그 건반들을 낯선 듯 응시하던 아네트가 받침대에 악보를 올려놓았다. 그리고 의자를 빼내어 앉았다.

하이너는 저벅저벅 그녀 쪽으로 다가와, 피아노 바로 앞 예배당 의자 옆에 기대어 섰다. 둘 사이에는 아무런 말이 오가지 않았다.

아네트는 악보 첫 장을 가만히 바라보았다. 양손은 여전히 무릎 위에 놓인 채였다. 건반 위로 시선을 떨어뜨렸다가, 다시 눈을 들었다.

모든 것이 여전히— 오래된 습관처럼 익숙했다.

그녀는 말을 제대로 하기도 전부터 건반을 눌렀다. 피아노는 그녀의 첫 번째 언어였다. 삶의 모든 순간순간마다 피아노가 있었다. 매일 연습에 매진하고, 재능의 벽을 느끼며 좌절하고, 피나는 노력을 통해 극복하고, 또 좌절하고, 그럼에도 다시 건반에 손을 올리는 것을 수백 수천 번 반복했다.

누군가는 배부른 소리라고 할 수 있을 것이다. 무엇 하나 부족함 없이 살면서, 피아노 실력이 늘지 않는다고 전전긍긍하는 게 얼마나 복에 겨워 보이는지 그녀도 알고 있었다. 그러나 적어도 아네트에게 피아노는 영원한 짝사랑 상대였고, 평생 온전히 가질 수 없는 무언가였다.

그리고 이젠 닿을 수조차 없게 되었고.

아네트는 눈을 내리깐 채 얇게 호흡했다. 얼마만큼의 시간이 흘렀는지 알 수 없었다. 마침내 그녀가 나직이 입을 뗐다.

"저, 사실 피아노를 못 쳐요. 아예."

"……."

"그렇게 된 지 좀 됐어요."

옆얼굴에 닿는 그의 눈길이 느껴졌다. 한참 후에 하이너가 말했다.

"……혁명 이후부터, 집 안에서 피아노 소리를 단 한 번도 들은 적이 없지."

그걸 알고 있다니 의외라고, 아네트는 감흥 없이 생각했다.

"그때부터입니까?"

"알고 있었네요."

"펠릭스 카프카가 있던 파티에서도 당신은 피아노를 치지 못했으니까."

"알고 있었으면, 날 여기 왜 데려온 건가요?"

"그땐 상황이 좋지 않았고…… 또 사람들 앞이어서 그럴 수도 있다고 생각했습니다."

당시 사람들이 아네트를 무대로 올렸던 것은 그녀를 조롱하기 위해서였다. 물론 그 상황 자체도 힘겨웠던 것은 맞다. 하지만 그게 이유가 될 수는 없었다.

"아뇨."

아네트는 그에게로 마주 고개를 돌리며 말했다.

"그냥 못 쳐요."

"이유를…… 물어도 됩니까?"

"……여러 가지예요. 내가 피아노를 치고 있을 때 혁명군이 연습실로 쳐들어오기도 했었고. 그때 아버지가 사살당한 걸 두 눈으로 보기도 했고."

그녀의 어조는 마치 오래된 흉터를 만지는 것처럼 덤덤했다.

"각하께선 제 재능과 노력이 진짜라고 하셨지만, 글쎄요. 사람들은 그렇게 생각하지 않았어요. 내가 이룬 모든 게 부정당하고 무너졌죠."

"……."

"그래서 못 치게 됐어요. 중요한 일이니까 시도라도 해 보려고 온 건데, 도움이 안 돼서 미안해요. 연주는 다른 사람에게 맡기는 게 좋을 것 같아요."

대수롭지 않은 고백 속에서, 지나가 버린 시간 동안 많은 감정이 휘발되었음을 새삼스럽게 느낀다.

그 파티에서 도망치듯 빠져나왔을 때까지만 해도 그녀는 제 감정에 미숙했다. 너무 아프고 괴로워 견딜 수가 없었고 그래서 도망쳤다.

아주 오랫동안.

여기까지.

몇 번의 계절들이 가 버리고 나서야 희미해진 흔적들을 본다. 아무 것도 남지 않은 제 빈 손아귀도. 닳아진 듯 익숙해진 자신의 모습도.

"내가 정말로……."

문득 그가 나직한 탄성처럼 중얼거렸다.

"……당신 전부를 빼앗았군."

그렇게 말한 그는 전혀 통쾌한 얼굴이 아니었다. 조금쯤 허탈해 보이기도 했고, 조금쯤 괴로워 보이기도 했다.

"그렇게 생각해요?"

아네트는 옅은 미소를 띠며 물었다.

그걸 전부 하이너의 탓이라고 할 수는 없었다. 그가 주도했고, 그가 방관했지만, 결론적으로 이 모든 건 어차피 일어났을 일들이었다. 그러나 그 나락의 매 순간순간 그가 있었음을 부정할 수는 없었다.

"그럼 만족해야죠. 그게 당신 목적이었잖아요."

"……."

"당신에게 뭐라고 하려는 건 아니에요. 단지 의아해서지."

산뜻할 만큼 가벼운 어조였다. 하이너는 목전에서 문이 닫힌 사람처럼 멀거니 선 채 그녀를 바라보았다. 아네트는 그의 낯이 지나치게 약하고 투명해서 쉽게 부서질 것만 같다고 느꼈다. 그 모든 표현은 그와는 전혀 어울리지 않는 것들이었음에도.

하이너는 허탈한 듯 입을 열었다.

"늘 당신은 그렇게 말하더군. 날 탓하려는 말은 아니라고. 날 원망하지는 않는다고."

"정말이니까요."

"난 당신이 나를 탓하고 원망하길 바랐는데."

그가 간신히 한쪽 입꼬리를 올려 웃었다.

"그럼 내가 당신에게 왜 그랬는지, 변명이라도 댈 수 있지 않겠습니까."

"……변명은 잘못한 쪽이 하는 거죠."

"내가 당신에게 잘못하지 않았다고 생각합니까?"

"그렇게 생각할 때도 있었고, 아닐 때도 있었고."

"그럼 지금은?"

아네트의 손이 작게 움찔했다. 그녀는 손가락을 약하게 말아 쥐었다가 편 후 가벼운 한숨을 내쉬었다.

"이 이야기는 그만하고 싶어요."

"……."

"이만 갈까요?"

그의 대답을 듣기도 전에, 아네트는 받침대에서 악보를 정리해 봉투에 집어넣었다. 그리고 피아노 뚜껑을 닫으려는 순간이었다.

사위가 달아오르듯 불그스름하게 변했다. 그녀는 움직임을 멈추고선 고개를 들었다. 구름이 물러나고 노을이 창의 정면으로 들었다. 예배당 내부의 조도가 서서히 높아졌다. 색색의 글라스 안쪽으로 투과된 붉고 푸른 빛들이 공기 중에서 일렁거렸다. 마치 바다의 표면 위를 부유하는 가장 아름다운 노을을 한 움큼 떼어 이곳에 가져다 놓은 것만 같았다.

그를 멍하니 바라보던 아네트가 홀린 듯 입을 열었다.

"해가 지네요."

"……."

"이 시간에 교회에 있는 건 처음이에요. 늘 아침 예배를 드려서……."

노을을 받은 스테인드글라스가 이렇게 아름다울 줄 몰랐다. 아네트는 이 거대한 빛 아래서 스스로가 투명한 사물이 된 것 같은 기분을 느꼈다. 피아노 의자 위에 앉은 그녀의 옷이 온통 얼룩덜룩하게 물들었다. 문득 내려다본 건반에는 무지개색 빛이 흐르고 있었다. 아네트는 그 위로 손바닥을 내밀어 보았다. 손 안에 무지개가 고여 들었다. 그녀는 미소 지으며 작게 중얼거렸다.

"너무 아름다워요."

아네트가 천천히 그를 돌아보았다. 그의 얼굴 역시 색색의 빛에 물들어 있었다. 너무 눈부시고 찬란해서 되레 표정이 잘 보이지 않았다.

"……그렇군요."

얼마간의 간격 후에 대답이 나왔다. 어쩐지 물 아래에 잠긴 듯한 목소리였다.

다시 구름이 드리웠는지 한순간 내부가 한층 어두워졌다. 그제야 그의 얼굴이 자세히 보였다. 그러나 비 온 뒤 굳은 땅처럼 단단한 이목구비만이 선명할 뿐이었다.

뜻 모를 시선이 그녀를 주시했다. 그 시선은 금방이라도 끊어질 듯 위태롭기도 했고, 반대로 더없이 집요하기도 했다. 왜인지 그 시선 안에 감금된 기분이었다.

고개를 돌린 아네트가 피아노 뚜껑을 닫았다. 무지개는 어느새 사라졌다. 그녀는 뚜껑 위에 잠시 얹고 있던 손을 뗐다.

"그만 돌아가죠."

교회에 다녀온 후로 며칠이 흘렀다.

평소와 같은 하루하루였다. 아네트는 매일 그와 함께 아침을 들었고, 그 외엔 온종일 악보를 들여다보거나 책을 읽었다.

악보에서 조금이라도 걸리는 점이 있으면 적어 놓았다가 하이너에게 모두 보고했다. 물론 그게 정말 암호문으로 쓰였는지 아닌지는 알 수 없었다.

그날도 아네트는 악보를 펼쳐 놓은 채 살펴보고 있었다. 책상 위에 마구 흐트러진 종이들은 흘려 쓴 철자들로 빼곡히 채워져 있었다. 한참 동안 음표와 쉼표들을 들여다보고, 무언가를 적고, 비교하고, 대조하고, 다시 들여다보기를 반복하던 아네트의 눈이 어느 순간부터 한곳에 꾸준히 머물렀다. 아네트는 종이에 숫자를 몇 개 써 내려갔다. 갈수록 느려지던 손은 이윽고 완전히 멈추었다. 그녀는 잠시 숨 쉬는 것도 잊은 채 제가 쓴 숫자들을 한참 바라보았다. 그러고선 그 종이를 낚아채듯 쥐었다.

아네트는 종이를 들고 방을 나섰다. 막사를 가로지르는 그녀의 발걸음이 점점 빨라졌다. 이윽고 총사령관 집무실 앞에 도착한 아네트가 보좌관에게 급히 물었다.

"혹시 각하를 지금 뵐 수 있을까요?"

서류의 늪에 파묻혀 있던 보좌관이 안경을 밀어 올리며 문을 힐끗거렸다.

"아, 지금 안에 다른 손님이 들어 계셔서. 급한 일입니까?"

"……급한, 급하기는 한데……."

아네트가 말끝을 흐렸다. 분명 중요하다고 생각해서 즉각 온 것이지만, 이게 그의 방문객을 방해할 만큼 중요한 일인지는 확신할수가 없었다. 보좌관은 긴가민가해하는 그녀의 기색을 눈치채고선잠시 고심했다. 곧 그는 의자를 뒤로 끌며 말했다.

"제가 안쪽에 여쭙고 오겠습니다. 기다리고 계세요."

"아, 네. 감사합니다."

보좌관이 집무실 문을 노크한 후 그녀에 대해 보고했다. 문 안쪽에서 무어라 이야기하는 소리가 났다. 길지 않은 대화 끝에, 보좌관은 그녀를 향해 고개를 끄덕였다.

아네트는 종이를 가슴에 대고 쥔 채 걸음을 옮겼다. 집무실 안으로 들어서자 보좌관이 문을 닫았다. 그녀는 흘끗 눈을 들었다. 넓은책상 가운데 앉아 있는 하이너가 가장 먼저 시야에 들어왔다. 그리고 그 앞으로, 반쯤 뒤돌아서서 못마땅하게 그녀를 응시하는 남자가 보였다.

아네트는 멈칫하며 굳었다. 남자는 좋게 본다면 섬세하고, 나쁘게본다면 신경질적인 얼굴이었다. 물론 그녀에겐 후자가 더 익숙했다.

안에 들었다던 손님이 유겐 소령인 모양이었다. 근 1년 만에 보는 것임에도 그는 별반 달라진 것이 없었다. 아네트는 아무런 내색도 하지 않으며 꾸벅 고개 숙여 인사했다.

"방해해서 죄송합니다. 급하게 보고드릴 게 있어서."

전장에서 처음 재회했을 때처럼 몹시 사무적인 어투였다. 하이너도 그녀의 심정을 짐작했는지, 건조하게 대꾸했다.

"괜찮습니다. 무슨 일입니까?"

"그, 악보……에 관련한 일입니다."

"바로 말해도 됩니다. 소령은 작전 계획 참모니까."

그게 얼마나 높은 직급인지 정확히는 알기 어려웠다. 하지만 어쨌거나 참모라는 말이 붙었으니 유겐 소령도 이 전쟁에서 한자리를 차지하고 있는 모양이었다.

하기야 사감과 별개로 그는 유능한 사람이었다. 유겐 소령은 사관학교 출신이 아님에도 그 능력을 인정받아 총사령관의 측근이 된 부류였다. 능력 하나로 여기까지 올라온 사람이니 귀족에 대한 반발심도 타당했다. 정확히 기억은 잘 나지 않지만 귀족에게 크게 피해를 보기도 했었다고 들었다. 어쨌거나 역시 과거에 연이 있던 사람을, 그것도 그녀를 몹시 싫어하던 이를 다시 만나는 것은 껄끄러운 일이었다.

아네트는 유겐 소령에게 눈길을 주지 않으며 책상으로 다가갔다. 그가 있건 말건 지금은 중요한 게 아니었다.

"……빠르게 본론만 말씀드리겠습니다."

책상 위에 종이를 내려놓은 그녀가 말을 이었다.

"지난번 언급하셨던 숫자 암호문과 관련된 추측이라, 바로 보고하는 게 맞다고 판단했습니다. 지난번 공유해 주신 번호와 일치하는 지점이 있어서요."

"일치하는 지점?"

"네. 일단 단음계에서는 '라'가 주음입니다. 즉 기본적인 숫자인 1로 여겨지죠. 여기서 각각 마지막 마디의, 원곡의 변주한 부분을 살펴보면……."

아네트는 종이 위를 짚으며 간략히 설명했다. 설명이 끝날 때까지 히이너와 유겐 소령은 아무 말도 하지 않았다.

"……이렇게 대조하면 이 숫자와 동일하게 치환됩니다. 억지로 끼워 맞춘 것일 수도 있기는 한데, 그래도 일치하게 나와서."

완전히 확신하지는 못한 아네트가 변명 아닌 변명을 덧붙였다.

얼마간 하이너와 유겐 소령은 굳은 얼굴로 침묵한 채 종이만 들여다보았다. 아네트는 왜인지 콩쿠르 결과를 기다리는 것처럼 초조한 기분이 되어선 입술을 짓씹었다.

시간이 느리게 흘러갔다. 이윽고 하이너가 말문을 열었다.

"무슨 말인지 이해했습니다. 반영하여 해독부에 전달하지. 수고했습니다."

그의 목소리는 그저 일상적인 심부름을 치하하는 것처럼 무척이나 평온하게 들렸다. 그 탓에 아네트는 이게 별일인지 아닌지 가늠할 수가 없었다.

하지만 그녀로선 그저 눈을 내리깔고 보고를 마무리 짓는 수밖에는 없었다.

"……네, 그럼."

아네트가 나가자마자, 하이너는 해당 정보를 직접 해독부에 전달했다. 이를 지켜보던 유겐 소령이 허, 하고 어이없다는 듯 웃었다.

"악보라, 간첩들이나 쓰는 방법을 사용하는군요."

"코드북(codebook, 숫자와 단어의 쌍으로 이루어진 난수표로 암호문의 한 방법)이 읽힌다는 걸 눈치챘겠지. 혹은 진짜 간첩의 것일 수도 있고."

확실히 평범한 방법은 아니었다. 예전에 몇몇 간첩이 이런 식의 암호문을 사용하긴 했지만, 최근의 전쟁에선 코드북으로 암호문을 보내는 것이 보편화되었기 때문이다.

이에 유겐 소령은 냉소적으로 대답했다.

"저희 쪽에서 해독하고 있다는 걸 눈치챘을 가능성이 높습니다. 하지만 그들도 어쩔 수 없으니 계속 사용해야 할 테고요."

"새 암호기를 개발하기엔 시간이 턱없이 부족하니."

"읽히는 걸 감수할 수 없는 암호는 코드북으로 전송하지 못했을 겁니다. 그러니까 이런 방법을 사용한다는 건, 그쪽에 상당히 독특한 취향이 있거나……."

"읽히는 걸 감수할 수 없을 만큼 중요한 정보이거나."

"그 연락기가 우리 손에 들어오다니, 아무래도 신은 우리의 편인 것 같군요."

유겐 소령이 씩 웃으며 말했다. 하이너는 아네트가 두고 간 종이 표면을 물끄러미 바라보다, 무미건조하게 대꾸했다.

"……글쎄. 그랬으면 좋겠군."

신은 언제나 그를 배신했다. 살아온 내내 그랬다. 신에 대한 진정한 믿음이 없기 때문이라면 할 말이 없었으나, 신이 그에게 지나치게 가혹한 것도 사실이었다.

무언가를 가만히 생각하던 유겐 소령이 문득 입을 열었다.

"그보다, 각하."

하이너는 말하라는 듯 눈썹을 까닥였다. 유겐 소령은 잠시 머뭇거리다가 이어 말했다.

"로젠베르크 양은, 이떻게 하실 생각입니까?"

"무슨 말이지?"

"솔직히 처음 암호문을 알아낸 건 우연……이라고 생각했었습니다. 하지만 보아하니 진짜 뭔가를 하는 모양이고, 방금 것도 정말 해독이 된다면 엄청난 정보를 얻게 되는 것이니까요."

아네트가 한 일은 '뭔가'로 치부할 만한 것이 아니었다. 유겐 소령 역시 이를 알고 있었다. 다만 인정하기 싫을 뿐이었다.

전쟁은 살상 전쟁과 암호 전쟁으로 나뉜다고 해도 과언이 아닐 정도로, 전쟁에서 암호가 차지하는 비중은 엄청났다. 암호 하나로 수천수만의 목숨이 왔다 갔다 하고 전쟁의 판도가 뒤바뀌었다. 그리고 아네트 로젠베르크가 해독한 정보는 단순히 힌트 몇 개를 알아낸 수준이 아니었다.

"어쨌거나 공이 있으니, 로젠베르크 양에게 무엇을 해 주실 생각인지 궁금하여 여쭈었습니다."

유겐 소령은 그녀의 공을 인정하면서도 못내 껄끄러운 눈치였다.

총사령관은 상과 벌이 확실한 사람이었다. 유겐 소령 스스로가 여기까지 오며 그 덕을 겪은 사람이니 누구보다 잘 알았다.

그러나 그 상이 아네트 로젠베르크에게 간다는 사실이 아니꼬운 것은 어쩔 수 없었다. 물론 유겐 소령으로서는 아네트 로젠베르크에 대한 악감정을 최대한 감춘 말이었다. 그 여자, 라고 부르지도 않았을뿐더러 공을 인정하기까지 했다. 그 선택은 논리적인 판단이 아닌 막연한 본능이었다. 이혼 이후 총사령관의 달라진 분위기를 소령 또한 어렴풋이 눈치챘기 때문이다.

예전의 총사령관이 잘 훈련된 짐승이었다면— 지금은 마치 밧줄 하나에 매인 채 기회를 엿보는 맹수 같았다. 이 때문에 유겐 소령은 저도 모르게 아네트 로젠베르크에 관한 이야기를 조심했다. 그러나 그런 소령의 노력이 총사령관은 마음에 차지 않았던 모양이었다.

"……우선 상은, 이 정보가 어떻게 이용되는지를 보고 결정해야 할 테고."

높낮이 없이 이어지는 목소리는 싸늘하게 식어 있었다.

"로젠베르크 양이 하고 있는 것은 '뭔가'가 아니라 암호 해독이다. 또한 그 일이 아니더라도, 그녀는 간호사로서 종군하며 나라에 헌신하고 있다. 그 행적과 충성을 경시하지 마라."

그 말에 유겐 소령은 퍼뜩 정신이 들었다.

상대가 아네트 로젠베르크라는 사실을 제외한다면 총사령관의 말에는 틀린 부분이 없었다.

하긴, 그의 최고 상관은 사감에 따라 사람을 판단하는 위인이 아니었다.

아무리 로젠베르크라도 예외를 만들지 않으려는 총사령관의 모습에, 유겐 소령은 부끄러움을 느끼는 동시에 새삼스레 감탄했다.

소령은 양손을 허벅지에 바짝 붙인 채 기합이 들어간 목소리로 외쳤다.

"경솔했습니다, 죄송합니다!"

시간은 느리게 흘러갔다.

아네트는 하루 대부분을 암호문을 보는 데 쏟았다. 그러나 총사령관에게 숫자 암호에 대한 추측을 보고한 뒤로는 진전이 없었다.

더 이상 아무것도 발견하지 못한 채 시간을 흘려보냈다. 아네트는 이쯤이면 찾을 만한 것은 다 찾았다고 생각하게 되기에 이르렀다. 이제는 악보를 다 외울 지경이었다.

하루는 산책을 하던 중 진지 내에서 유겐 소령을 마주쳤다. 싸늘한 비아냥이 날아들 거란 예상과 달리, 그는 눈인사만 해 올 뿐 별다른 반응이 없었다. 아네트는 놀라서 마주 인사하지도 못하고 굳어 있었다. 저 남자가 죽을 때가 다 되었나 싶었다.

불안한 시간이 느리게 흘러갔다.

총사령관에게서 해독 작업을 멈추어도 된다는 말을 들었다. 아네트로서는 이것이 좋은 신호인지 나쁜 신호인지 알 수가 없었다.

그리고 이틀 뒤, 파다니아 수도 론체스터에 폭격기가 떠올랐다.

프란체와 알마니아의 연합으로 이루어진 추축국 최고사령부가 파다니아 전선에 육군을 투입한 것과 동시였다. 역시 선전포고는 없었다. 수도에 무차별적인 융단폭격이 퍼부어졌다. 대량의 폭탄에 건물이 부서지고 사상자가 나왔다. 신문은 온통 폭격에 관한 이야기로 가득했다.

아네트는 들고 있던 신문을 내려놓았다. 떨리는 숨이 얕게 흘러나왔다. 그녀는 급히 커피를 마시려다, 뜨거운 물에 혀를 약간 데었다.

"아……!"

아네트는 혀를 내민 채 인상을 썼다. 따끔한 감각에 정신이 들었다. 다시 신문 1면을 바라보았다.

'폭격? 수도를? 굳이 왜?'

뒤늦은 의문이 느릿하게 떠올랐다.

수도라는 것은 사실상 상징적인 의미였다. 본토 폭격의 실질적인 효과를 내기 위해서는, 수도가 아니라 군 기지나 생산 시설을 폭격하는 것이 효율적이었다.

'사기 저하의 효과……만큼은 확실하려나.'

이 폭격으로 인해 파다니아의 모든 시민이 충격과 슬픔에 휩싸여 있었다. 이는 실질적인 피해와는 상관없는 일이었다. 전선에서만 일어나는 줄 알았던 전쟁이 하루아침에 제 동네까지 잠식해 온 것이나 다름없었다. 시민들이 느끼는 심리적 공포는 어마어마했다.

아네트는 신문을 반으로 접어 구석으로 치워 두었다. 가슴이 불안하게 두근거렸다. 그녀는 성경을 펴서 몇 줄 읽다가, 도저히 활자가 눈에 들어오질 않아 덮어 버렸다.

그리고 그날 저녁, 아네트에게 이동 명령이 떨어졌다.

"내일 아침 6시 반, 헌팅엄 방면 수송 열차입니다. 최종 목적지이니 마지막에 내리시면 됩니다."

명을 하달한 사람은 총사령관이 아닌 그의 보좌관이었다. 사실 당연한 일이었다. 총사령관은 명령하는 직책이지 그것을 전달하는 사람이 아니었다. 그러나 지금껏 하이너는 모든 것을 그녀에게 직접 보고했고, 또 직접 보고받기를 원했다. 아주 사소한 것 하나까지도. 다른 이에게 그의 뜻을 전달받은 것은 처음이었다. 이 때문에 아네트는 그가 현재 정신없이 바쁘다는 것을 새삼스레 깨달았다.

"……헌팅엄이라면……."

"중부 전선에서 좀 떨어진 야전 병원입니다. 신병 보충대보다 뒤에 있고, 후송되는 부상자와 포로들을 맡게 될 겁니다."

"그렇군요. 알겠습니다."

신병 보충대보다 뒤라면 최후방이었다. 이곳보다 더 후방으로 옮겨지리라 예상은 하고 있었으나 막상 전해 듣자 기분이 묘했다.

보좌관이 떠난 후, 아네트는 저녁 식사를 하고 바로 짐을 꾸리기 시작했다. 급하게 명령이 떨어진 터라 시간이 충분치 않았다. 아네트는 짐가방과 상자에 각각 챙겨 갈 것과 버릴 것들을 나누어 담았다. 서랍을 정리하던 도중, 카트린에게서 받은 편지들이 나왔다. 고민하던 그녀는 마지막 날짜의 편지 하나를 제외하고 전부 상자에 집어넣었다.

'신시어는 수도에서 떨어진 곳이니…… 괜찮겠지.'

폭격에 관한 보도는 모두 수도 론체스터에 집중되어 있었다. 카트린이 수도에서 이사했던 것이 이렇게 다행일 수가 없었다.

밤이 늦어서야 떠날 채비가 끝났다. 아네트는 버릴 것을 담은 상자를 들고 막사를 나섰다. 몇 개의 건물을 지나쳐 진지 안쪽에 있는 모닥불로 향했다. 바쁘게 이동하는 군인들이 몇몇 보였으나 대체로 사령관 진지 내부는 조용했다. 너머에서 불꽃이 희미하게 일렁거리고 있었다. 어둠에 잠긴 바닥 위로, 주홍색 빛이 파도처럼 넘실댔다. 몇 걸음을 남겨 두고 그녀의 다리가 불현듯 멈추었다.

타닥거리며 타오르는 모닥불 앞 간이 의자에 한 사내가 앉아 있었다. 그의 검지와 중지 사이에는 시가가 비스듬히 끼워진 채였다. 등을 굽히고 앉은 커다란 몸은 의자 안에서 반쯤 접혀 있었다. 마치 어둠 속에 스스로를 아무렇게나 구겨 넣은 것 같았다. 모닥불을 가만히 응시하는 얼굴은 무표정했다. 시가 끄트머리에서 고요히 연기가 피어올랐다. 이를 지켜보던 그녀의 눈동자가 찰나 흔들렸다.

아네트는 하이너가 늘 꼿꼿하고 단단한 강철 같은 사람이라고 생각했었다. 부러질지언정 결코 휘어지지 않는.

그러나 이 순간, 그는 접는 대로 맥없이 접혀 버릴 것처럼 한없이 얇고 연약해 보였다. 아네트는 그의 아주 내밀한 부분을 들여다본 것 같은 기분을 느꼈다.

파다니아의 총사령관이 아닌, 그저 그라는 사람을.

아네트는 일부러 약간 기척을 냈다. 그의 고개가 올라왔다. 그녀는 모닥불 가까이 걸어가, 상자 안의 것들을 하나하나 불 속에 던져 넣었다. 불꽃이 날름거리며 그것들을 먹어 치웠다. 하이너는 말없이 그녀를 바라보았다. 아네트가 마지막 편지를 던져 넣을 때까지 그는 입을 열지 않았다. 아네트는 편지가 재가 되는 것을 지켜보았다. 더 이상 태울 만한 것이 남지 않게 되었을 즈음에야 그녀는 몸을 돌렸다.

그와 눈이 마주쳤다. 아네트는 흐릿한 미소를 지으며 물었다.

"……옆에 앉아도 될까요?"

하이너는 선뜻 대답하지 않고 입술을 열었다가 닫았다. 겉으로 드러나진 않았으나, 그녀는 그가 약간 당황했음을 알 수 있었다.

수 초가 지나고 나서야 하이너가 가까스로 답을 내뱉었다.

"……물론."

그러더니 뒤늦게 정신을 차린 것처럼 제 손에 들린 시가를 바라보았다. 하이너는 시가를 바닥에 떨구고선 발로 지그시 눌러 밟았다. 아네트는 그의 옆에 조심스레 몸을 앉히며 중얼거리듯 말했다.

"시가를 피우는지 몰랐어요."

"그냥, 끊었다가……."

"다시 피우는 건가요?"

"……다시 피운다기보다는, 근래 잡생각이 많아져서."

"그게 다시 피우는 거 아니에요?"

"그런……."

하이너는 인상을 약간 찌푸렸다가, 이윽고 한숨과 함께 말했다.

"그렇군요."

그는 방금 깊은 잠에서 막 깨어난 사람처럼 횡설수설했다. 아네트는 짓밟힌 시가를 물끄러미 보다가 다시 입을 뗐다.

"내일 아침 일찍 헌팅엄으로 이동해요. 아시겠지만."

"……가면 이제 다신 연락하지 않을 건가?"

"무슨 그런 질문을 해요."

아네트가 싱거운 농담을 들은 것처럼 웃었다. 하이너는 그녀가 대답할 생각이 없음을 눈치채고선 더 묻지 않았다.

그는 손바닥으로 입가를 한번 쓸었다. 둘 사이에 침묵이 흘렀다. 불꽃에 그슬리고 소모된 장작이 이따금 뒤척이는 소리를 냈다.

아네트는 그에게로 고개를 살짝 비틀며 물었다.

"힘들지 않아요?"

"……무엇이 말입니까?"

"그냥, 모든 게."

가까운 거리에서 시선이 얽혔다. 그는 그녀의 속뜻을 가늠하듯 눈꺼풀을 길게 내리감았다가 떴다. 드러난 회색 눈동자는 그 깊이를 알 수 없었다.

"힘들지 않다고 하면 거짓말이겠지."

하이너의 입에서 짧은 고백이 흘러나왔다.

"내 어깨에 너무 많은 목숨이 있으니……."

말마디가 희뿌연 연기처럼 흩어졌다.

암호문 하나를 해독하는 데도 엄청난 압박감과 초조함에 시달렸던 그녀였다. 한 나라의 총사령관인 그가 짊어지고 있는 무게를, 아네트로서는 감히 짐작할 수도 없었다. 어떤 말도 섣불리 나오지 않았다. 그 어떤 위로도 응원도 닿지 않을 것 같았다. 고작해야 제게서 나오는 말이라면 더욱 그랬다.

"그러지 않아도 당신에게 전달할 말이 있었습니다."

하이너는 그녀에게서 시선을 떼며 문득 말했다. 종전의 위태롭던 분위기는 어느새 말끔히 지워진 채였다.

"당신이 해독해 준 암호가 큰 도움이 됐습니다. 아니, 도움이라는 말로도 부족하지. 당신이 세운 공은 추후 확실히 알리고 보상할 겁니다. 그래서 말인데."

"말씀하세요."

"원하는 것이 있습니까?"

"원하는 것……이요?"

"무엇으로 보상해야 할지 생각해 봤는데, 먼저 당신 의견을 듣는 것이 나을 것 같아서."

생각지도 못했던 것이었다. 애초에 아네트는 이 일로 무언가 보상을 받을 수 있으리라고 기대해 본 적이 없었다.

따져 본다면 당연한 이야기였지만, 작업하는 내내 이게 정말 도움이 되는 게 맞는지 의구심이 들었던 탓이다.

"아, 저는……."

원하는 것이 없다고 말하려던 아네트가 잠깐 멈칫했다. 그녀는 허벅지 위에서 맞잡은 손을 꿈지럭거렸다. 고민은 그리 길지 않았다.

"두 가지가 있어요. 큰 건 아니에요. 들어주실 건가요?"

"당신이 그렇게 말하니 불안해지는군. 뭘 원합니까?"

"지난번에도 말씀드렸던 건데……. 떠나기 전 편지를 하나 전하고 싶어요."

"……라이언 프롬 중사에게?"

"네."

하이너는 잠시간 말이 없었다. 아네트는 조용히 그의 답변을 기다렸다. 사실 거절당한다고 해도 어쩔 수 없었다. 라이언은 분명 좋은 사람이고 못 보게 된다면 슬프겠지만, 그에게 편지를 보내려는 건 그저 인간관계의 도리에 불과했다.

"……편지는 검열 후에 전달될 겁니다. 다른 하나는?"

다행히 긍정의 대답이었다. 별달리 보낼 내용도 없었기에 검열은 상관없었다.

아네트는 고개를 끄덕이고선 마저 이야기했다.

"다른 하나는, 역시 전에도 말씀드렸던 거예요."

"전에도……?"

"이 만남이 정말로 우리의 마지막이 되길 바라요."

"……."

"그게 제가 원하는 두 번째 보상입니다."

하이너의 얼굴에서 표정이 사라졌다.

타닥타닥. 불꽃이 타들어 가는 소리를 냈다. 아네트는 흔들림 없이 그를 직시했다. 멍하니 그녀의 얼굴 위를 더듬던 하이너가 이윽고 바람 빠지듯 웃었다.

"뭐, 생각해 보면…… 당신이 바라는 건 언제나 그거 하나였군. 날 당신 인생에서 빼 버리는 것."

"……."

"나는 당신 인생에 들어가려고 내 삶을 전부 썼는데 말이야."

하이너는 별반 화가 나 보이지도 슬퍼 보이지도 않았다. 그저 마른 낙엽처럼 건조한 낯이었다.

"그래, 당신이 그걸 원한다면 들어줘야겠지."

손으로 쓸어 보면 그대로 부스러질 것만 같은…….

"가도 좋습니다. 영원히."

불이 살라 먹고 남은 재들이 부스럭거렸다. 아네트는 맞잡았던 손에 힘을 주었다가 풀었다. 그리고 의자에서 몸을 일으켰다.

"아네트."

그를 지나치려는 순간, 문득 손목이 잡혔다. 강하지 않은 힘이었다. 아네트는 고개를 돌려 그를 내려다보았다.

하이너가 쓰게 웃으며 물었다.

"한 번만 안아 주겠어?"

아네트는 놀란 듯한 눈으로 그를 응시했다. 하이너는 강제할 생각은 없다는 듯 붙잡았던 손목을 놓아주었다.

그녀는 그에게 어떤 표정을 지어 보이려고 했지만 실패했다. 저 스스로가 어떤 얼굴을 하고 있는지도 알 수 없었다. 부디 지나치게 약해 보이지 않기를 바랄 뿐이었다.

아네트는 조용히 다가가 그를 안아 주었다. 그가 목 졸린 듯 작게 신음했다. 하이너는 어미 품을 파고드는 새끼 짐승처럼, 그녀의 허리를 붙들고 얼굴을 묻었다. 품 안의 호흡이 흐느끼듯 가늘게 떨렸다. 그의 단단하고 굵은 팔은 겁에 질린 것처럼 그녀를 애처롭게 끌어안고 있었다.

아네트는 이게 무엇인지 어렴풋이 알 것 같았다. 과거 그녀 또한 이러했던 적이 있었다. 아프고 고독한 삶에서 끝내 놓지 못했던 단 하나. 붙잡고 있는 동안만큼은 모든 게 잘될 거라고 자위할 수 있었던 환영. 아네트에겐 그것이 하이너였다. 아주 오랫동안 붙잡고 있었고, 끝내는 놓아주었다. 그리고 이제는 그가 놓을 차례였다.

아네트는 그의 등을 감싸고 있던 팔을 떼어 냈다. 그리고 한 걸음 물러났다. 갈 곳을 잃은 그의 팔이 천천히 추락했다. 하이너는 여전히 고개를 숙이고 있었다. 그가 저를 보고 있지 않음에도 아네트는 표정을 공들여 가다듬었다. 그녀는 입술을 몇 번 달싹였다. 목소리를 정돈하기까지 시간이 조금 소요되었다. 곧 입을 열자, 제가 듣기에도 놀랄 만큼 산뜻한 음성이 흘러나왔다.

"우리 이제 다시는 보지 말아요."

아네트는 푸른 꽃다발을 든 채 방으로 돌아왔다. 스타티스와 수국으로 장식된 커다란 꽃다발이었다.

"유모, 혹시 이거 누가 두고 갔는지 알아? 연습실 창가에 놓여 있던데."

"어머나, 연습실 창가요?"

"응, 바깥 창가에."

"바깥 창가라면…… 저도 모르겠네요. 장미 정원과 아가씨의 연습실 창가 쪽이 이어져 있어서. 그쪽으로 못 들어오게 주의를 해 둘까요?"

"응? 아니, 아니야."

아네트는 약간 상기된 얼굴로 꽃다발을 내려다보며 수줍게 말했다.

"연습실에 몰래 꽃을 두고 가다니, 낭만적이잖아. 내 연주가 좋았나 봐."

"어이구, 우리 아가씨. 언제 크시려는지."

"어서 추측이나 해 봐, 유모. 누굴까? 누가 두고 갔을까?"

"흐음……. 글쎄요. 아, 후작님 수하의 군인들일 수도 있겠네요. 오늘 정기 만찬이 있던 날이거든요. 그들도 정원에 출입할 수 있으니."

"아니야, 군인은 아닐 거야."

"왜 아니에요?"

"군인들은 낭만이라곤 모른다구. 내가 피아노를 친다고 하면 훌륭한 취미를 갖고 계시네요, 라는 말 따위나 지껄인다니까?"

"아가씨, 고운 말, 고운 말!"

"알았어. 아무튼 군인들이 안쪽까지 들어와 볼 만큼 정원에 관심이 있을 리가 없어. 그리고…… 꽃다발을 준비했다는 건, 내가 연습실에서 연주하는 걸 이전에도 봤다는 거잖아. 내 연주를 좋아하는 게 맞는다니까?"

"아가씨, 이건 좋아해야 할 게 아니라 꺼림칙해하셔야죠. 아가씨를 몰래 훔쳐본 건데!"

"응? 왜? 낭만적이잖아? 파티장에서 짝 찾는 동물들처럼 어슬렁거리는 것보다 백배 나은데."

"어휴, 아가씨가 아직 어리고 순수하셔서 그래요. 아무래도 연습실은 옮기는 게 좋겠어요. 그러지 않아도 정원이랑 연결되어 있어서 불안했는데."

"무슨 소리야! 싫어! 누군지는 알아내야 할 것 아니야!"

"아가씨도 참……. 알았어요. 당장은 말씀 안 드릴게요. 그래도 조만간 전문적인 연습실을 설계해서 옮기는 게 맞아요. 아가씨도 본격적으로 콩쿠르를 준비하시려면 저런 데서는 안 돼요. 아셨죠?"

"응, 알았어. 나중에 생각하자. 유모, 이거 화병에 좀 꽂아 줄래?"

건성으로 답한 아네트가 꽃다발을 유모에게 건네주었다. 유모는 못 말린다는 듯 고개를 절레절레 젓고선, 꽃을 손질해 화병에 꽂았다

"예쁘다, 그지?"

"수국 색이 아가씨 눈동자 색과 똑같네요."

"그래?"

아네트는 양손으로 얼굴을 받친 채 생글생글 웃으며 꽃을 바라보았다.

활짝 열린 창가로 부드러운 바람이 흘러들었다. 바람의 살결을 따라 푸른 꽃잎이 춤을 추듯 흔들렸다.

추축국 측의 파다니아 본토 대공습이 연일 계속되었다. 하루가 멀다 하고 시민들은 방공호에 몸을 숨긴 채, 땅 위에서 들려오는 폭격음에 잠을 설쳐야만 했다.

파다니아 연합군은 본토를 사수하기 위해 치열하게 싸웠다. 그러나 프란체—알마니아 그리고 발리헨까지 합세한 맹공에 결국 전선을 내주어야만 했다.

몇 번의 전투에서 승리하고, 몇 번의 전투에서 패배했다. 얼마나 많은 전투가 있었는지 다 헤아리기도 어려웠다. 그러던 도중, 남부 해협에서 아군이 프란체의 해군을 격퇴했다는 소식이 들려왔다. 여러 악조건 속에서 얻어 낸 대승이었다. 파다니아 연합군은 흑해의 보급선을 잇는 파살라 섬 점령을 저지함으로써, 기울어졌던 전쟁의 판도를 다시 뒤바꾸었다. 파살라 섬은 그만큼 의미가 큰 군사적 요충지였다.

그러나 여전히 전세는 팽팽했다. 하루에도 몇 번씩 전선이 바뀌었다. 고작 몇 미터를 전진하기 위해 수많은 병사가 다치고 죽어 갔다.

특히 헌팅엄을 사수하는 중부 집단군의 전선은 크게 밀려난 상태였다. 그곳은 아네트가 일하는 야전 병원이 위치한 곳이기도 했다. 이 때문에 헌팅엄 야전 병원은 밀려오는 환자들로 인해 포화 상태였다. 기존 의료진만으로는 도저히 손을 쓸 수가 없을 정도였다.

"여기 환자 좀 봐주세요! 호흡이 이상해요!"

"젠장, 젠장, 약품이라도 줘 봐!"

"사, 살려 주, 너무 아파, 제발……."

근교 격전지에서 부상병들이 산처럼 실려 왔다. 개중 이미 사망하여 사후경직이 시작된 이들도 상당수였다.

"아네트! 여기 좀 지혈해 주세요! 봉합해야 할 것 같아요!"

"자, 잠시만요!"

아네트는 거즈와 붕대를 챙겨 들고 달려갔다. 그녀의 간호복은 온통 피와 땀으로 범벅되어 엉망이었다. 상태를 제대로 확인할 시간도 없이 곧장 지혈에 들어갔다. 피가 펑펑 소리를 내는 것처럼 마구 샘솟았다. 이미 하얗게 질린 병사의 얼굴은 백지장 같았다.

"으, 아, 아아—."

"괜찮아요, 괜찮아요, 이제 꿰맬 거예요, 괜찮아요!"

괜찮다는 말을 몇 번이나 했는지, 아니 정말 괜찮기에 괜찮다고 말하는 것인지조차 알 수 없었다. 아네트는 그저 그 단어를 주문처럼 외웠다. 괜찮아요, 괜찮을 거예요.

봉합을 끝내자마자 아네트는 곧장 다음 부상병을 보았다. 피를 너무 많이 봐서인지 눈앞이 붉어진 것처럼 착시가 일어났다. 손을 아무리 씻어도 피 냄새가 사라지길 않았다.

교대할 시간이 점점 다가오고 있었다. 아네트는 뻑뻑한 눈을 깜빡이며 차트를 확인했다. 그 순간, 뒤에서 꺼칠한 목소리가 들려왔다.

"아네트?"

낯선 음성이었으나 아네트는 반사적으로 뒤를 돌았다. 침상에 누운 남자가 고개만 약간 들어 그녀를 바라보고 있었다.

아네트는 남자에게 가까이 다가가 물었다.

"필요한 게 있으세요?"

"아, 아뇨. 저, 그, 혹시…… 제가 기억 안 나요?"

"네?"

"우리 예전에 봤었잖아요."

수작을 거는 건가 싶어 그녀는 인상을 찡그렸다. 그에 남자가 답답하다는 듯 이리저리 손짓해 가며 말했다.

"그, 신시어! 카트린의 과일 가게에서! 나 거기 과일 대리 납품했었어요!"

"……아."

뒤늦게 깨달은 아네트가 작게 소리를 냈다. 이제야 기억이 났다. 과일 가게에서 그녀에게 치근덕댔던, 브루노의 아는 동생이었다. 비슷비슷한 병사들을 너무 많이 보았더니 잠시 구분이 되질 않았다. 카트린의 편지에서도 그의 이름이 언급되었었다.

"한스……? 맞아요?"

"아, 기억하시네! 맞아요. 간호사로 종군하고 있다는 기사는 봤었어요. 진짜였군요!"

아네트는 흠, 하고 웃으며 대꾸했다.

"그럼 가짜였을까요."

"아, 당신이 평판을 위해 종군하는 척하며 실은 안전한 곳에 머무르고 있는 줄 알았다는 뜻은 아니었어요."

그런 줄 알았던 모양이다. 아네트는 딱히 거기에 대해 대꾸하지 않은 채 미소만 지었다.

"그러지 않아도 카트린의 편지에 당신 이야기가 있었어요. 신병 보충대에 들어갔다고……."

그렇게 말하며 한스를 훑듯 살피던 그녀의 눈동자가 어느 한 곳에 고정되었다. 아네트는 굳어진 얼굴로 그를 다시 마주 보았다.

한스가 어색하게 웃으며 머리를 긁적였다.

"뭐, 그렇게 됐어요."

이불 때문에 눈치채지 못했었다. 그의 두 다리를 덮고 있는 하얀 이불은 무릎 아래로 푹 꺼져 있었다. 아네트가 아연하게 중얼거렸다.

"어쩌다가……."

"부비 트랩―."

한스는 지뢰를 발견했을 때 외치는 말을 노래하듯 흉내 냈다. 그러나 아네트는 웃을 수가 없었다.

카트린의 편지에 의하면, 분명 한스는 최후방에 위치한 신병 보충대에 들어갔다고 했었다. 그러나 선임들이 죽고 전선이 밀려나며 상황이 나빠진 듯했다. 하긴 당장 이 헌팅엄 야전 병원부터가 졸지에 중부 전선에서 가장 가까운 병원이 되어 버린 상태였다.

"카트린도 알고 있어요?"

"아직 고향 사람들은 아무도 몰라요. 아, 아가씨가 처음으로 알게 됐네요. 당신도 고향 사람이라고 할 수 있다면……."

"돌아갈 때까지 말하지 않을 건가요?"

"미리 말해서 뭐 해요. 어차피 알게 될 거."

"그래도……."

"그보다 내가 바쁜 사람 붙잡고 있는 거 아니에요?"

"아…… 괜찮아요."

바쁜 건 사실이었으나, 가야 한다는 말이 나오질 않았다. 좋은 기억은 없던 이라도 한순간에 두 다리를 잃은 청년이 가엽지 않을 수 없었다.

"와, 근데 신시어에서 만났을 때는 아가씨 진짜 고왔었는데. 딱 한눈에 귀한 출신이구나 싶었다니까요. 지금은 엄청 피곤해 보이네요. 역시 사람은 환경에 따라 달라진다니까. 아, 물론 여전히 아름다우시지만."

아네트는 그저 어색하게 웃었다. 어떤 대답을 해야 좋을지 감이 잡히질 않았다. 그녀는 이런 종류의 사람에 무지했다.

"아, 그런데요. 혹시 나 때문에 여기 지원하게 된 건 아니죠?"

"네? 그게 무슨 말씀……."

"그게, 그때 내가 괜히 입을 놀려서 당신에 대한 소문이 퍼진 것 같아서요. 그러지 않아도 브루너 형에게 엄청 혼났었어요. 혹시 소문 때문에 신시어를 떠난 건가 해서, 계속 마음에 걸리더라고요."

솔직히 곤란했던 것은 사실이었다. 그 문제는 단순히 그녀에게만 해당되었던 것이 아니라, 그로트 가족에게까지 피해를 입혔다. 하지만 종군 간호사에 지원한 것이 그 때문은 아니었다. 원래부터 생각했던 일이 조금 앞당겨진 것에 불과했다.

"반은 맞고 반은 틀렸어요."

"예?"

"한스 씨 때문에 곤란했던 건 맞고, 그렇다고 한스 씨 때문에 종군 간호사에 지원한 건 아니에요."

"아……. 반은 아니라니 다행이군요."

한스는 눈알을 굴리며 머리를 벅벅 긁더니, 자그만 목소리로 말했다.

"뭐, 아무튼 그래서……. 미안하다는 말을 하고 싶었다고요. 자꾸 마음에 걸렸는데 여기서라도 만나서 다행이네."

서툴기 짝이 없는 사과였다. 그러나 아네트는 이 청년이 그 문제를 정말로 신경 쓰고 있었음을 알 수 있었다.

"……사과, 받을게요."

그녀의 대답에 한스가 입을 크게 벌려 웃었다. 검박한 미소였다.

"야, 아까 너 존나게 쳐다봤지?"

"뭘 봐?"

"새끼가, 모르는 척하기는. 침 줄줄 흘리면서 보더만. 총사령관 전 부인 말이야."

"주어를 말해야 할 거 아니야. 야, 예쁘지?"

"너무 말랐던데. 내 취향 아니야."

"미친놈, 막상 저런 여자가 오면 넙죽 환영할 거면서."

"이 새끼가 뭘 모르네. 여자는 예쁘기만 하다고 다가 아니야. 그런 건 금방 질린다고."

"예쁜 게 중요하지 그럼 뭐가 중요해?"

"얼굴보다는 몸매지."

"야, 네가 자세히 못 봐서 그래. 말라 보여도, 잘 보면 은근히 가슴이랑……."

쨍그랑—.

철제 쟁반이 바닥으로 떨어지며 날카로운 파열음을 냈다. 동시에 두 병사의 시선이 그곳으로 몰렸다.

한 간호사가 커튼을 걷고 얼굴을 내밀었다.

"실수, 죄송합니다."

웃으며 사과하는 간호사의 옆에는 아네트가 앉아 있었다. 그녀의 존재를 확인한 병사들이 히익 소리를 내며 굳었다. 간호사는 커튼을 다시 닫았다. 딱딱하게 얼어붙은 병사들의 모습이 천 뒤로 가려졌다. 철제 쟁반을 주운 간호사가 아무 일 없었다는 듯 다시 유유히 트레이를 끌었다. 아네트는 그녀에게 고개를 살짝 숙여 보였다. 간호사는 가벼운 눈짓으로 받아 준 후 자리를 떴다.

'업무만 하는 것도 지치는데…….'

아네트는 한숨을 삼키며 용품들을 마저 정리했다. 사실 병사들의 뒷말이나 성희롱을 한두 번 듣는 것은 아니었다. 대부분의 군인은 특유의 가벼움과 건들거림을 장착하고 있었다. 민간에서는 그러지 않던 이들도 유독 전쟁터에서는 심해졌다. 아네트는 그것이 그들이 살상을 견디는 방법이라는 것을 알았다. 가볍지 않고서는 제정신으로 살아갈 수가 없는 곳이니까. 그러나 그걸 이해하는 건 다른 문제였다. 아네트의 외모와 총사령관의 전 부인이라는 과거는 사람들의 입에 오르내리기 지나치게 쉬웠다.

그녀는 애써 상념을 밀어내고 업무에 집중했다. 그러나 그렇게 마음먹은 지 수 초도 지나지 않아, 불현듯 입구 쪽이 시끌시끌해졌다. 아네트는 의아한 얼굴로 자리에서 일어났다. 부상병들이 실려 온 건가 싶었지만, 뭔가가 여느 때와는 달랐다. 분위기가 심상치 않았다. 모두가 술렁거리고 있었다. 점점 커져 가는 소란을 뚫고 누군가 외쳤다.

"헌팅엄 외곽이 적군에게 점거됐습니다! 퇴각해야 합니다!"

헌팅엄이 점령 직전에 몰리며 작전 양상은 시가전으로 바뀌었다. 아군은 헌팅엄을 사수하기 위해 시가지에 숨어들었고, 적군은 시가지에 숨은 이들을 색출해 내려고 혈안이 되어 있었다. 전선이 밀려나며 헌팅엄 야전 병원도 후방으로 이동할 준비를 했다. 그러나 문제는 이동이 불가능한 부상병들이었다. 그들과 남은 아군을 위해 최소한의 의료 인력이 필요했다. 누군가는 이 사지에 남아야만 한다는 소리였다.

"자원자 더 없으세요? 자원자는 손들어 주세요! 인력이 부족해서, 남을 수 있으신 분들은 남아 주시면 감사하겠습니다!"

짐을 싸는 이들 사이로 간호사 한 명이 돌아다니며 자원자를 모집했다. 그러나 대부분은 눈치만 볼 뿐 선뜻 손을 들지 못했다. 상황이 조금만 달랐더라면 남는 사람들이 많았을 터였다. 그러나 지금은 색출 작전이 시행되는 중이었다. 어떤 일을 당할지 확신할 수가 없었다.

늘어뜨린 아네트의 손이 움찔거렸다. 그녀는 불안한 눈동자로 자원자를 모집하는 간호사를 바라보았다.

누군가는 남아야 했다.

"당신 하나만은……"

누군가는…….

"당신 하나만은 이 세상에 남아 있는 게 맞아."

낮게 잠긴 목소리가 이명처럼 귓가를 맴돌았다. 아네트는 주먹을 꾹 말아 쥐었다. 그녀는 애써 간호사를 외면하고선 마저 짐을 싸기 시작했다. 떠날 준비를 하는 이들로 주변이 온통 분주했다. 닥치는 대로 옷가지와 물품들을 쑤셔 넣은 아네트가 짐가방을 챙겼다.

병원을 나가기 전, 아네트는 한스를 찾았다. 그러나 그는 어떠한 준비도 하지 않은 채 그저 침대에 누워 있었다.

"한스? 여기서 뭐 하고 있어요? 안 가요?"

"아…… 뭐."

한스가 뺨을 긁적이며 머쓱하게 웃었다.

"그냥 여기 남을까 해요."

"남는다고요? 왜요?"

한스 같은 부상병의 경우는 가장 우선으로 수송차에 태우게 되어 있었다. 부상병 수송용 의무 차량이 따로 있을 정도였다. 그는 스스로 거동할 수 없다 뿐이지, 다른 이의 도움만 받는다면 이동하는 것 자체에는 문제가 없었다.

아네트는 혹시 그가 다른 이들의 눈치를 보나 싶어 다급히 말했다.

"군은 부상병을 고향으로 돌려보내야 하는 의무가 있어요. 거리낄 것 하나도 없어요."

"아, 아뇨, 아뇨. 그것보다는."

한스는 잠시 망설이더니, 다리를 덮은 하얀 이불을 물끄러미 내려다보며 말을 이었다.

"솔직히…… 고향으로 돌아가서 가족들 얼굴을 볼 자신이 없어요. 앞으로 짐이 될 게 뻔하고."

"세상에, 한스, 왜 그런 생각을 해요?"

"현실적으로 생각한 거예요. 이 몸으론 원래 하던 일도 못 하게 될 거고, 그렇다고 다른 할 수 있는 일이 있을까 싶고. 그냥 도피하는 거죠, 뭐."

아네트는 말문이 막혀 입술만 달싹였다. 아니라고 말해 주고 싶었지만, 그렇다고 그녀가 현실적인 조언을 해 줄 수 있는 것도 아니었다.

"또 나 옮긴다고 이래저래 다른 사람들도 고생할 거고. 내 자리에 더 간절한 사람 태우는 게 나을 것 같기도 해서요."

"한스, 없어도 만들어야 하는 게 당신 자리예요."

"에이, 됐어요. 걱정할 것 없어요. 그냥 돌아가는 걸 좀 미루는 거지, 여기 남는다고 죽는 것도 아닌데, 안 그래요?"

한스가 가벼운 투로 말하며 크게 웃었다. 평소와 다름없이 검박한 미소였다. 그 미소 앞에서 아네트는 왜인지 모를 부끄러움을 느꼈다.

그녀는 새삼스러운 눈으로 한스를 응시했다. 처음에는 무례한 사람이라고 생각했다. 다시 만났을 때는 가여운 청년이라고 생각했다. 그리고 지금은…….

아네트는 저스틴에게서 '원래 그런 놈은 아니다'라는 말을 들었을 때와 비슷한 기분을 느꼈다. 사람이 상황을 만드는 것일까, 상황이 사람을 만드는 것일까. 아네트는 무엇이 옳고 무엇이 그른 것인지를 가릴 수가 없었다. 언제나 흑백으로 나뉘어 있던 그녀의 세상은 혁명 이후로 모든 게 불분명해졌다. 알았다고 생각했던 것들이 모호해지고, 몰랐던 것들을 알게 되었다.

아네트는 낯 위에서 혼란을 지워 내기 위해 노력했다. 그리고 여느 때처럼 옅은 미소를 걸쳤다.

"……그래요. 신시어에서 다시 만나요."

"당연하죠. 행운을 빌어요, 아네트."

병원 밖으로 나오자 수송차 앞으로 길게 줄이 늘어져 있었다. 아네트는 어떻게 해야 할지 몰라 고개를 뺀 채 앞쪽의 상황만 살폈다. 한참 서성이던 아네트가 결국 옆에 서 있던 간호 장교에게 물었다.

"저, 간호사들은 어디에 서면 되나요?"

귀찮은 듯 돌아보던 간호 장교의 얼굴이 아네트를 발견하고선 눈에 띄게 공손해졌다.

"부상병들부터 태워야 하는 터라, 차량 수가 부족해서 걸을 수 있는 이들은 걸어서 이동할 겁니다."

"그렇군요. 알겠습니다."

"그…… 잠시 기다려 주시면 제가 한번 자리를 구해 보도록 하겠습니다."

간호 장교의 태도는 퍽 조심스러웠다. 총사령관의 전 부인이라는 이유로 눈치를 보는 것이 느껴졌다.

아네트는 굳은 얼굴로 고개를 저었다.

"아뇨, 괜찮습니다. 걸어갈게요."

"자리 하나 정도는……."

"걸어가겠습니다."

단호한 대답이 떨어졌다. 간호 장교는 잠시 우물쭈물하는 듯하더니 결국 알았다며 고개를 끄덕였다.

"저쪽 줄로 가시면 됩니다."

아네트는 간호 장교가 가리킨 곳으로 가방을 들고 이동했다. 사람들이 웅성거리며 출발을 기다리고 있었다. 허공에 안개가 뿌옇게 끼어 있었다. 이 상태로 전진한다면 눈앞에 적군이 있어도 눈치 채지 못할 거란 불안감이 문득 엄습해 왔다. 아네트는 가방을 꼭 끌어안았다. 다른 사람들도 불안하긴 매한가지인지, 빨리 출발하지 않고 뭐 하는 거냐는 불평들이 조금씩 들려왔다.

오래지 않아 수송차들이 하나둘 출발하기 시작했다. 부서진 잔해가 가득한 땅 위로 바퀴가 덜컹거리는 소리를 냈다. 병사들과 의료 인력은 수송차 뒤를 따라 이동했다. 마치 피난민 같은 행색이었다. 그러지 않아도 헌팅엄 외곽이 거의 점거되었다는 소식에 다들 사기가 떨어져 있었다.

"후방으로 이동하면 뭔가 구축이 되어 있기는 한 거야?"

"증원군이 올 여력이 있는 건가……?"

행렬 사이사이로 나직한 수군거림이 퍼졌다. 아네트는 창백한 얼굴로 생각에 잠겼다. 떠올리지 않으려 해도, 어쩔 수 없이 그의 생각이 자꾸만 났다.

'그는 괜찮은 걸까.'

조국의 총사령관에 대한 걱정이기도 했고, 그라는 한 사람에 대한 걱정이기도 했다. 아무리 하이너가 뛰어난 인재라도, 총사령관 개인의 능력과 나라 간의 군사력 차이는 다른 문제였다.

"저기요."

옆에서 누군가 속삭였다. 아네트는 흠칫하며 옆을 돌아보았다.

유약해 보이는 인상의 간호사 한 명이 눈동자를 굴리며 그녀에게 물었다.

"죄송한데, 이 소식 관련해서 혹시 뭐 들은 것 없으세요……?"

"……네?"

"그, 이후 작전이라든가, 증원군 소식이라든가……."

아네트는 약간 황당한 얼굴을 했다.

그런 군사 기밀을 종군 간호사에게 물어보는 건 이상하기 짝이 없는 일이었다. 그러나 상대는 아네트가 무언가 알고 있을 거라고 확신하는 눈치였다.

"그런 걸 제가 어떻게 알겠어요."

"하지만."

"전 아무것도 몰라요. 들은 것도 없고요. 죄송해요."

"아, 네에…….."

여자는 실망한 듯 말끝을 흐렸다. 그러자 옆에서 걸어가던 다른 간호사가 여자의 허리를 팔꿈치로 쿡 찌르며 말했다.

"야, 너는 뭐 그런 걸 물어."

"아니, 알 수도 있잖아."

"알 수도 있긴 뭘 알 수도 있어. 실례잖아."

여자가 무어라 꿍얼거리는 소리가 들려왔다. 아네트는 못 들은 척 고개를 정면에 고정한 채 걸음을 옮겼다.

저 멀리서 총격과 포탄 소리가 끊임없이 이어졌다. 이제는 일상처럼 익숙해진 소리였음에도 여전히 간담을 서늘하게 만들었다.

계속 걷다 보니 다른 피난민 행렬이 보이기 시작했다. 헌팅엄에 남아 있던 주민들도 더 후방으로 대피하는 모양이었다.

점점 밤이 늦어 갔다. 모두가 완전히 지쳐 있었다. 사위가 완전히 깜깜해지자 일행은 이동을 멈추고 노숙을 준비했다. 수송차를 따라온 병사들은 통신기 앞에서 계속 신호를 주고받았다. 담요를 펴던 아네트는 불안한 눈으로 그들을 힐끔거렸다.

"여기는 이글 6. 상황 보고 바란다. 이상."

"첨병대 들리나? 이동을 멈추고 대기해라. 이상."

딱딱하게 경직된 목소리 사이사이로 다른 이들의 수군거림이 섞여 들었다.

"앞에 지뢰밭이 있어서 이동이 늦어진대요."

"그래도 북부 집단군은 저지에 성공했다는데, 희망이 있지 않을까요?"

"프란체 폭격기가 본토에 다시 폭탄을 퍼붓고 있다고……."

듣지 않으려고 해도, 전쟁에 관한 소식들이 자꾸만 귀로 흘러들어 왔다. 아네트는 담요를 몸에 꼼꼼히 두른 채 구석에 몸을 웅크리고 앉았다. 불편하고 차갑고 딱딱했지만 달리 방법이 없었다. 그녀는 눈을 감고 애써 잠을 청했다. 그게 이 상황에서 도피할 수 있는 가장 쉬운 방법이었다.

그 순간, 어떤 이의 말이 귀에 박혀 들었다.

"신시어에 폭격기가 떴대요. 도시가 완전히 폐허가 됐다는데……."

아네트가 눈을 번쩍 떴다. 그녀는 덮고 있던 담요를 아무렇게나 내팽개친 채 대화가 들려온 곳으로 다가갔다.

"죄, 죄송한데— 신시어에 폭격기가 떴다는 게 정말인가요?"

이야기하던 간호사들은 놀란 듯 아네트를 바라보다가, 어색하게 고개를 끄덕였다.

"네. 기사에 났어요. 수도 폭격이 워낙 충격적이어서 신시어는 자세히 보도되지 않은 모양이지만……."

"신시어를 왜 폭격한 건가요? 그곳을 폭격해서 얻을 게 뭐가 있다고……?"

묻는 아네트의 목소리가 가늘게 떨렸다.

수도는 상징적인 곳이니 그렇다 치더라도, 신시어는 적당히 밀집된 구시가지 지역에 불과했다.

"아, 그건……. 원래는 신시어 근처의 공장 지대를 폭격하려고 했대요. 밤에 폭격기가 떴는데, 최근 안개가 짙기도 하고 어두워서 오폭을 한 모양이에요."

"그럼 피해가…… 피해는 어느 정도라고 하던가요?"

"건물 피해는 심하다고 들었는데, 인명 피해는 저도 잘 모르겠네요."

"아……."

아네트의 심상찮은 반응에 두 간호사가 서로 눈치를 보았다. 그중 한 명이 서투르게 위로를 건넸다.

"음, 건물 피해와 인명 피해는 다르잖아요. 수도처럼 번잡한 곳이 아니면 인명 피해 자체는 그렇게까지 크지 않을 거예요."

그러나 그 위로는 아네트에게 전혀 와닿지 않았다. 이 간호사는 신시어가 어떤 곳인지 잘 모르는 눈치였다. 신시어는 주택지가 촘촘하게 밀집된 곳이었다. 게다가 전부 오래된 건물들이라 지하 시설이나 방공호도 제대로 구축되어 있지 않았다. 지금으로서는 폭격기가 부디 주택가가 아닌 엉뚱한 곳을 폭격했기를 바랄 뿐이었다.

"그런…… 그렇겠죠. 네. 알려 주셔서 감사합니다."

횡설수설 대답한 아네트가 자리로 돌아갔다. 그녀는 허우적허우적 담요를 끌어다 덮었다. 몸이 자꾸 떨렸는데 추위 때문인지 다른 이유 때문인지 불분명했다.

'카트린과 브루너는 괜찮을까. 올리비아는? 집이 비교적 외곽에 있으니까 괜찮지 않나? 아냐, 하지만 애초에 오폭이잖아. 그러고 보니 한스는…… 이 사실을 알고 있을까.'

답이 나오지 않는 의문들이 듬성듬성 엮여 나왔다. 현재는 편지를 주고받는 것을 기대할 수도 없는 상황이었다. 신문 기사나 들려오는 상황들에 의존해 추측해야만 했다.

아네트는 제 몸을 끌어안았다. 익숙한 불안감이 팔다리를 타고 기어올랐다. 모든 사람이 그러하듯, 아네트는 불안감을 혐오했다. 형체도 결과도 없는 그것은 사람의 뇌를 야금야금 갉아먹어 제대로 된 사고를 하기 힘들게 만들었다.

그녀는 반쯤 부서진 건물 외벽에 머리를 기대고 눈을 감았다. 콘크리트 벽에서 한기가 그대로 전해졌지만, 그것으로 상념들을 잊을 수 있다면 족했다.

이동 행렬이 계속되었다.

그러지 않아도 빨리 움직일 수 없는 처지인데, 잔해에 깔리고 다친 주민들을 도와주며 나아가느라 이동이 한참 더뎌지고 있었다. 폭격과 적군을 피해 숨어 있던 이들이 아군의 행렬을 보고 하나둘 나왔다. 그러나 대부분 부상병과 간호사라는 사실에 적잖이 실망한 눈치였다.

폭격으로 폐허가 된 건물들 사이사이 주민들이 서 있었다. 그들 가운데서 문득 아네트는 한 여자아이를 발견했다. 한쪽 다리를 잃은 소녀가 목발을 짚은 채 행렬을 물끄러미 바라보고 있었다. 아이의 얼굴은 무표정했다. 아네트와 소녀의 눈이 마주쳤다. 공허한 눈동자가 아네트를 담았다. 왜인지 아네트는 아주 오랫동안 소녀에게서 눈을 뗄 수 없었다.

불현듯 소녀가 절뚝거리며 이동 행렬 쪽으로 다가오기 시작했다. 아네트는 잠시 걸음을 멈추었다. 간호사와 병사들이 아네트의 옆을 스쳐 갔다. 소녀가 몇 걸음을 남겨 두었을 무렵, 한 병사가 손을 내밀어 저지했다.

"어어, 다가오면 안 돼."

소녀는 말없이 고개를 들어 병사를 올려다보았다. 병사가 손가락을 까닥까닥했다.

"부모님께 가렴."

"……부모님 없어요."

"그럼…… 나라에서 전쟁고아들을 위해 운영하는 시설이 있을 거야. 찾아가 봐."

"꼭 찼다고 들었는데."

"시설은 여러 개란다. 아니면 교회를 찾아가도 되고."

"거긴 안전하지 않아요. 다친 사람들이 숨어 있어요."

"그러면…….."

"잠깐만요."

그들의 대화를 듣던 아네트가 끼어들었다.

"교회에 다친 사람들이 숨어 있다니, 그게 무슨 소리니?"

"그냥 다들 거기에 숨어 있어요. 주민들도 있고 군인들도 있어요. 다들 많이 다쳤구요."

"군인들이 있다고?"

마지막은 소녀를 막았던 병사의 질문이었다. 금세 아네트와 병사의 얼굴이 심각해졌다.

"그게 사실이냐? 그 교회가 어딘데?"

"저쪽이요. 좀 걸어야 해요."

소녀가 가리킨 곳은 그들이 지나쳐 왔던 방향이었다. 이미 적군에게 점거된 지역이기도 했다.

아네트는 병사를 붙들고 말했다.

"정말이라면 확인해 봐야 해요."

"하지만……."

"다친 사람들과 심지어 병사들도 있다잖아요. 보고는 하는 게 맞을 것 같아요."

"……일단 위쪽에 보고하겠습니다."

병사가 한숨과 함께 대답했다. 소녀는 멀뚱멀뚱한 얼굴로 그들을 바라보고 있었다. 아네트가 작게 숨을 들이켰다.

아네트로서는 지금 아이에게 해 줄 수 있는 것이 아무것도 없었다. 입술을 달싹이던 그녀는 결국 책임질 수 없는 말을 내놓았다.

"교회 건은…… 우리가 알아볼게. 최대한 안전한 곳에 피신해 있으렴."

소녀의 말은 사실이었다. 점거된 지역 내 위치한 교회 안에 부상당한 주민과 병사들 몇이 숨어 있었고, 움직일 수 없는 처지인 듯했다.

여건이 된다면 구출해야만 했다. 교회는 이곳에서 그리 멀지 않았지만, 두 가지 문제가 있었다. 첫 번째는 이미 점령된 지역이라는 것이었고, 두 번째는 해당 작전을 수행하는 동안 이동 행렬을 놓치게 된다는 것이었다.

"민간인으로 위장해서 들어가면 되지 않을까요?"

"간호사라면 점령 지역도 출입이 가능할 겁니다. 마더 쉘리 같은 간호사도 있으니……."

마더 쉘리는 전쟁터 이곳저곳을 전전하며 아군과 적군을 가리지 않고 치료하는 것으로 유명했다. 적군까지 치료한다는 점 때문에 비난을 받기도 했지만, 어쨌거나 대단한 인물이었다. 그녀의 대의를 받들어 전쟁터로 나선 간호사들의 수가 꽤 될 정도였다. 그 영향인지 대체로 적군들도 간호사에게는 적대적이지 않았다.

"하지만 민간인까지 숨어 있는 것으로 보아서는, 민간인이나 간호사라고 해서 안전하다고 확신할 수 없을 것 같습니다."

누군가 이의를 제기했다. 타당한 말이었다. 적군이 민간인들을 쉽게 살려 보내 준다면 그들이 숨어 있을 이유가 없었다.

"그렇죠. 시가전으로 양쪽 다 예민한 상태니까요. 마을 곳곳에 숨어 있는 파다니아 군을 색출하려고 혈안이 된 놈들 아닙니까."

"맞습니다. 적군 측에선 교회나 주민들이 아군을 숨겨 주고 있다고 생각할 겁니다. 실제로 그렇기도 하고."

"그럼 어떻게 해야……."

긴 회의 끝에 상부에서는 소수의 병사와 간호사들을 보내기로 했다.

그러나 여기에는 또다시 문제가 있었다. 자원하는 간호사들이 있느냐는 것이었다. 애초에 이동 행렬을 따른 간호사들은 위험한 헌팅엄 야전 병원을 떠나온 이들이었다. 더 위험할지도 모르는 곳에 기어들어 갈 확률은 극히 희박했다. 다행히 자원자가 몇 있기는 했으나 턱없이 부족했다. 상부에서는 시간이 없기에 내일 아침까지 자원을 받겠다고 했다.

지하 대피소에서 노숙을 준비하던 간호사들이 한숨을 푹푹 내쉬었다.

"이런 말 좀 그렇지만, 산 사람이 더 중요한 것 아니야? 다치고 죽는 사람들이 한둘도 아닌데, 모두를 구할 수는 없는 거잖아."

"군대가 그렇지, 뭐."

"괜히 눈치 보이네……."

"사실 크게 보면 이게 맞기는 해. 이건 사기 문제거든. 생각해봐, 동료가 다치거나 대열에서 이탈됐는데, 아무도 구하러 가지 않는대. 그럼 그걸 본 이들이 뭐라고 생각하겠어?"

"……뭐."

"내가 다치거나 이탈되더라도 구하러 오지 않겠구나, 생각하겠지. 그래서 군대에선 소수를 구하기 위해 다수를 희생하는 짓을 종종 하는 거야."

그들의 목소리가 점점 잦아들었다. 누군가 후, 하고 촛불을 껐다. 이윽고 주변이 완전히 어둠에 잠겨 들었다.

아네트는 늦은 밤이 되도록 뜬눈으로 어두운 허공을 응시했다. 머릿속에선 목발을 짚고 있던 소녀의 형상이 떠나질 않았다. 이상하게 그 소녀의 모습은, 피아노 리사이틀에서 끌려 나가던 카트린의 모습과 겹쳐져 보였다.

아네트는 수없이 고민했던 삶의 선택지들에 대해 다시 생각했다.

제 처지를 돌아볼 선택지. 타인의 처지를 돌아볼 선택지. 직시할 선택지. 판단할 선택지. 행동할 선택지. 언제나 무수한 선택지들이 있었다.

그녀 스스로, 그것들을 선택하지 않았을 뿐…….

아네트는 작게 몸을 뒤척였다. 서늘한 공기가 담요 안쪽을 파고들었다. 눈을 감아도 떠도 일정한 어둠이 시야를 잠식하고 있었다. 때로 몰랐던 세계는 암흑 속에서 더욱 선명한 감각으로 다가온다.

여전히 그녀는 옳고 그름을 분간하는 데 서툴렀다. 그 어느 것을 선택하든 책임이 따랐고, 그 어느 것을 선택하든 반드시 좋은 결과가 뒤따르지는 않았다.

과거 아네트는 언제나 '하지 않는 쪽'을 선택했다. 그리고 그 책임과 결과를 맞이했다. 그러나 '하는 쪽'을 선택한다고 해도 마찬가지였다.

무언가는 포기해야만 했다. 무언가는 감수해야 했다.

"가도 좋습니다. 영원히."

설령 그것이 또다시 누군가에게 상처를 준다고 하더라도……

11장

오래된 궤적을 따라

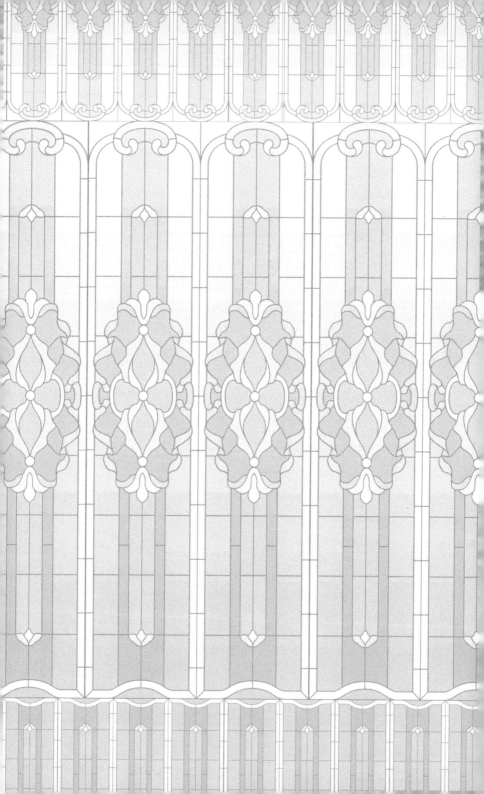

"헌팅엄을 빼앗기면 안 됩니다. 헌팅엄을 뺏기는 것은 허슨 강을 빼앗기는 것이고, 이는 적들에게 운반 통로를 내주는 꼴입니다. 어떻게 해서든 증원군을 보내야 합니다."

"현재 프란체의 중부 집단군 상황이 좋아서, 이들 병력 중 일부를 나누어 상대적으로 열세인 북부로 보낸다는 이야기가……."

"진격을 계속할 거라는 소리입니까, 멈출 거라는 소리입니까?"

"시내 점령 전까지는 멈추지 않을 겁니다. 그건 나중에 생각해야 하는 거고, 당장 산재한 문제가 산더미라고요!"

"민간인들의 이동 때문에 아군의 경로가 방해를 받고 있습니다. 이동을 금지해야 합니다."

"그건 방어망 구축에 민간인들을 강제로 동원하는 것이나 마찬가지입니다! 어린아이들도 있을 겁니다!"

회의가 새벽까지 멈추지 않고 이어졌다. 참모들을 물린 뒤에도, 하이너는 계속해서 무전으로 보고를 받으며 작전을 검토했다.

어느 순간 눈앞이 흐릿해졌다가 다시 선명해졌다. 투둑. 서류 종이 위로 핏방울이 두 개 떨어졌다. 무심코 손가락으로 코밑을 쓸어 보자 피가 묻어 나왔다. 하이너는 짜증스럽게 손수건을 꺼내 코를 닦았다.

제대로 숙면한 게 언제인지 기억도 나지 않았다. 아무리 업무를 처리하고 또 처리해도 끝이 없었다. 마치 끊임없이 들것에 실려 오는 병사들의 시체처럼.

종이 위에 떨어진 핏방울을 닦아 내던 그의 손이 잠시 멈칫했다. 새빨간 피를 보자, '그날'의 장면이 악몽처럼 재생되는 듯했다. 욕조에서 찰랑거리던 붉은 물과, 실이 끊어진 인형처럼 힘없이 늘어지던 몸…….

하이너는 고개를 들어 벽에 붙은 커다란 지도를 바라보았다. 그의 시선이 푸른색 선으로 표시된 중부 전선에 머물렀다. 북부와 남부에 비해 전선이 현저히 들어가 있었다.

"……하."

나직한 탄성 같은 한숨과 함께 그가 얼굴을 쓸어내렸다.

소식에 의하면 그녀는 병원에 남지 않고 이동 행렬을 따라나섰다고 했다. 그러나 헌팅엄에서는 색출 작전을 수반한 전쟁이 벌어지는 중이었다. 끝까지 안전을 보장할 수가 없었다. 일부러 가장 안전하다고 생각된 최후방으로 보낸 것인데, 그곳의 전선이 밀려 버렸다. 만일 그녀가 위험에 처하기라도 한다면 견딜 수가 없을 것 같았다.

위험…….

돌이켜 보면 그 여자를 위험하게 만들었던 것은 언제나 그 자신이었다. 그 여자의 위험도, 아픔도, 슬픔도, 불행도, 모두 제게서 비롯되었다. 그리고 그것들은— 고스란히 그에게로 돌아와 완벽한 패배가 되었다.

하이너는 눈을 감으며 의자 깊숙이 몸을 묻었다.

절대 패배하지 않을 것이라고 생각했었다. 그러나 그렇게 생각하는 순간마다, 그는 차근차근 패배해 가고 있었다.

하이너는 코에 대고 있던 손수건을 천천히 떼었다. 타성처럼 손이 떨리고 있었다. 그는 손을 말아 쥐었다. 손수건이 손아귀 안에서 구겨졌다.

모든 것이 끝났다.

그녀는 흘러가고 있었다. 제가 더 이상 붙잡을 수도 없을 만큼 저 멀리.

'그런데 어째서 나는⋯⋯.'

여전히 이곳에 홀로 고인 채 당신을 생각하고 또 생각하고 있나. 당신에게 내 삶을 전부 썼으니, 당신을 잃은 내 삶은 여기에서 결말이 난 것일까.

하이너는 종이 위에 동그랗게 난 핏자국을 공허한 눈으로 응시했다. 손의 떨림이 천천히 멎어 갔다. 적막 속에서 그는 자문했다.

'내게 남은 게 뭐지.'

하나하나 헤아려 봐도 온통 바란 적 없는 것들뿐이었다. 아니, 애초에 바라 온 단 한 가지를 위해 얻어 낸 것들이었다.

"힘들지 않아요?"

바라 온 단 한 가지를 위해⋯⋯.

"그냥, 모든 게."

텅 비어 있던 눈동자에 희미한 빛이 돌아왔다. 주변이 차츰 선명해졌다. 이윽고 그가 손을 뻗어 다시 펜을 쥐었다.

피는 금세 멈추었다. 하이너는 손수건을 책상 위에 던진 후 아직 핏자국이 남아 있는 서류를 넘겼다. 읽고, 검토하고, 사인하고, 다시 읽는 행위를 기계적으로 반복했다. 마른 핏자국은 서류가 넘어갈수록 희미해지다 서너 장 장째에 이르자 완전히 없어졌다. 삭막한 활자들만이 흰 종이에 새겨져 있을 뿐이었다.

하이너는 펜을 움직였다. 종이 위로 검은 잉크가 퍼져 나갔다. 펜촉을 따라 서명란에 그의 이름이 새겨졌다.

「하이너 발데마르」

중부 전선을 사수해야만 했다.

누군가가 살아갈 나라를 위해서.

헌팅엄의 부상병과 의료 인력이 도시를 빠져나갈 무렵, 적군은 빠른 진격전으로 도시 외곽 대부분을 장악했다. 외곽 방어선이 무너지자 아군은 내부 방어선으로 후퇴했다.

프란체 공군은 헌팅엄에 무차별 폭격을 쏟아부었다. 1,300대에 달하는 폭격기 아래에서 헌팅엄은 불바다로 변했다.

파다니아는 동원할 수 있는 모든 인력을 긁어 보았다. 군인들은 물론 민간인 자원자들까지 동원되어 방어선을 구축했다.

아네트는 구출 작전에 합류하여, 의료 물품을 들고 도시 외곽 안쪽으로 들어갔다. 이미 외곽은 대부분 적군에게 장악당한 상태였기에 그들을 마주치는 것은 어쩔 수 없었다.

"거기 뭐야!"

적군이 프란체 말로 무어라 외쳤다. 아네트는 두 손을 든 채 서툰 프란체 말로 대답했다.

"나는 간호사예요."

"너…… 파다니아…… 이리로……."

프란체 병사가 뭐라 뭐라 지껄였으나 아네트는 몇 개의 단어밖에 알아들을 수 없었다. 그녀는 눈치껏 그들 가까이 다가갔다. 프란체 병사는 아네트에게 이것저것을 물었다. 그러나 그녀가 영 알아듣지 못하는 눈치이자 혀를 차더니, 군용차 옆을 가리키며 손짓을 했다.

아네트는 그가 가리키는 곳으로 고개를 돌렸다. 한 병사가 간이 들것에 누워 있었다.

"치료…… 치료하라고요?"

"그래!"

아네트는 서둘러 고개를 끄덕인 후 그쪽으로 걸어갔다. 중간에 티 나지 않게 뒤를 살짝 돌아보았다. 별 소란이 없는 것으로 보아, 아네트가 주의를 끌고 있는 사이 아군이 무사히 이동하고 있는 듯했다. 그녀는 소리 없이 안도의 숨을 뱉으며 들것에 다가갔다. 상대는 소년병이었는데, 기껏해야 열여섯 살쯤 되었을까 싶은 앳된 얼굴이었다.

"으……."

"잠시만."

포탄 근처에 있었는지, 소년병의 몸 반쪽이 화상의 흔적으로 가

득했다. 특히 오른쪽 팔은 살이 완전히 터져 나가고 짓물러 처참한
상태였다.

아네트는 서둘러 소독약과 붕대를 꺼낸 후 처치하기 시작했다. 소
년병은 상처가 고통스러운지 죽어 가는 동물처럼 신음했다. 사실 이
러고 있을 시간이 없었지만, 눈앞에서 사람이— 그것도 아직 어린
소년이 죽어 가는데 대충 할 수도 없는 노릇이었다.

꼼꼼히 붕대를 묶은 아네트가 물품들을 정리했다. 가방을 들고
자리에서 일어나려는데, 지척에서 파다니아어가 들려왔다.

"고마워."

"헉—."

놀라 발을 헛디딜 뻔한 아네트의 허리를 상대가 붙들었다. 그녀
는 눈을 둥그렇게 뜬 채 옆에 다가온 남자를 바라보았다.

"어, 미안합니다."

"네, 네……?"

"일이 끝났다고 생각을 했어."

다시 들어 보니 남자의 파다니아어는 조금 어눌했다. 아무래도
파다니아어를 할 줄 아는 프란체인인 것 같았다.

"아…… 괜찮아요."

아네트는 어색하게 남자의 품에서 빠져나왔다. 남자가 뒤통수를
긁적이며 물러났다.

"아직 아기라서. 쟤가."

"네? 아, 저 병사요."

"아기인데 많이 다쳤어요."

"음…… 네. 파다니아어를…… 할 줄 아시네요."

"듣기는 잘하는데 말하기는 많이 못해요."

"그렇군요……."

"파다니아 음식을 좋아해서요. 언어를 조금 배웠습니다."

"네에……."

뭐 어쩌자는 건지 알 수가 없었다. 파다니아어를 안다고 자랑이라도 하고 싶은 걸까?

아네트는 조금 초조해졌다. 여기 오래 머물러서 좋을 게 없었다. 총사령관의 전 부인 얼굴까지 아는 외국인이 있을 확률은 희박하긴 하지만, 그래도 혹시 모르는 일이었다.

"어디로 가십니까?"

"그냥…… 저쪽으로."

"저곳은 위험해요."

"저는 간호사예요. 간호사."

"그래도 위험해요."

"걱정은 감사하지만 저는 괜찮아요. 그럼……."

아네트는 일부러 상대방의 언어 수준을 배려하지 않고 빠르게 말했다. 아네트가 몸을 돌리려고 하자 남자는 어어, 하더니 급히 그녀의 앞을 가로막고 섰다.

"—?"

"네?"

"이름을 알고 싶어요."

"……카트린."

아네트는 길게 고민하지 않고 가명을 댔다. 그러자 남자가 활짝 웃으며 발음을 따라 했다.

"카트린."

"죄송한데 제가 바빠서, 이만 가 봐도 될까요?"

"음?"

"저는 가야 해요."

"오, 프란체어 할 줄 알아요?"

아네트는 인상을 찌푸렸다. 아무래도 이 사람은 대화가 통하지를 않는 것 같았다. 어느 정도 말은 알아듣는 것 같은데…….

옆에서 카드놀이를 하고 있던 프란체 병사들이 그들을 손가락질하며 낄낄거렸다. 워낙 빨라서 알아들을 수는 없었으나, 놀리는 말임이 확실했다. 중간중간 여자라는 단어가 들렸다. 알아듣지 못해도 무슨 이야기일지 짐작이 가서 아네트는 아랫입술을 지그시 당겨 물었다. 정말이지 이러고 있을 시간이 없었다.

"그냥 무시해요. 어디에 살아요?"

"…….."

"나 이상한— 아니에요."

아네트는 대답 없이 가방을 안아 든 채 걸음을 옮겼다. 그러나 남자는 계속해서 그녀를 따라오며 말을 붙였다.

"당신은 정말로 귀여워요."

통상적으로 프란체에서 사용하는 '귀엽다'는 파다니아의 뜻과는 조금 달랐다. 문자 그대로 귀엽다는 것이 아니라 네게 이성적으로 끌린다는 의미였다.

"너의 주소만 알려 줘. 편지를 쓰고 싶어요."

"……아직 집이 무사히 남아 있을지 모르겠네요. 그쪽 나라에서 날아온 폭격기가 한두 대가 아니라."

아네트는 냉랭하게 대꾸했다. 그러자 남자가 고개를 갸웃거리며 물었다.

"응? 다시 말해 줄래요?"

아네트가 연신 차가운 태도를 고집하는데도, 남자는 계속해서 따라오며 이런저런 질문을 던져 댔다.

"나 파다니아 좋아해요. 언어를 배웠잖아요. 이런 현실은 유…… 유감이에요."

"……."

"파다니아 여자들은 모두 아름답고 착해요. 당신도 그래요. 카트린."

"……."

"그런데 애인 있어요?"

"……그만 좀 따라올래요?"

결국 아네트는 집 주소를 쓴 메모를 건네주고 나서야 남자에게서 벗어날 수 있었다. 물론 완전 엉터리 주소였다.

"잘 가요, 편지를 쓸게요! 조심합니다!"

아네트는 듣는 둥 마는 둥 하며 재빨리 그 자리를 떴다.

외곽 안쪽으로 들어올수록 도시의 상태는 더욱 처참해졌다.

한때 강을 통한 교역로로 운반의 도시라 불리던 헌팅엄은 잿더미가 되어 있었다. 그야말로 회색의 도시라고 해도 무방했다. 폭격 세례를 받은 건물들은 모두 부서지고 무너져 뼈대만 드러난 채였다. 희뿌연 안개에 휩싸인 폐허는 마치 오래전 멸망한 유적지 같았다. 이따금 천장이 날아간 집에 앉아 있는 이들의 머리가 보였다. 그들의 얼굴에는 하나같이 표정이 없었다.

아네트는 이 처참한 광경을 보며 신시어를 생각했다. 떠올리지 않으려고 해도 떠올릴 수밖에 없었다.

'신시어도…… 이렇게 되었을까.'

물론 실질적으로 전투가 벌어지는 헌팅엄만큼은 아닐 테지만, 폭격이란 그 참상이 비슷할 수밖에 없었다.

아네트는 골격이 고스란히 드러난 건물 위에 그로트 가의 집을 그려 보았다. 스스로도 왜 이런 가학적인 사고를 하는 것인지 알 수가 없었다. 최악을 가정해야 한다는 방어 기제가 자꾸만 발동했다. 그녀는 이런저런 가정들을 꼽아 보다가, 속이 울렁거려서 관두었다.

"아, 여기요! 여기요! 아이 좀 받아 주세요!"

한 번은 어느 가족이 아군을 발견하자, 제 아이를 넘기려고 했다. 군인들에게 맡기는 것이 더 안전하다고 생각한 모양이었다.

"못 받아요! 도시 바깥 시설에 맡기세요! 나 참, 못 받는다니까!"

"도시를 나갈 수가 없어요! 제발요! 아이 한 명만요!"

부모는 반강제로 아이를 병사에게 넘기려고 했다. 낯선 이에게 맡겨진다는 것을 알아챈 아이가 자지러지며 엄마를 불렀다. 억지로 아이를 안아 들게 된 병사가 도리질을 치며 다시 건넸다.

"진짜 안 돼요! 그럴 상황이 아니라고요!"

"그럼 간호사분들께라도……!"

"죄송한데 저희도 여력이 없어요! 저희랑 가면 더 위험할 거예요."

결국 아이는 다시 부모에게로 돌아갔다. 아빠의 품에 안긴 아이가 안도와 원망이 섞인 비명을 내지르며 울었다. 아빠는 뜨거운 눈물을 흘리며 아이의 이마에 입을 맞추었다. 그의 얼굴과 손은 온통 검은 재로 뒤덮여 더러웠고 상처가 많았다.

구출 인력은 그 광경을 뒤로하고 계속해서 걸어갔다. 이동하던 이들 중 누군가 물었다.

"전쟁이 언제 끝날까요?"

그리고 누군가 대답했다.

"전부 죽으면 영원히 끝나겠죠."

해가 지고 나서야 그들은 무사히 교회에 도착했다. 외벽이 조금 부서지긴 했지만, 그 포화 속에서도 교회 건물은 무사히 살아남은 채였다. 교회가 있는 위치는 아직 적군이 완전히 점령한 곳은 아니었다. 그러나 적군 진지가 바로 근처였기에 점령당하는 건 시간문제였다. 빠르게 움직여야만 했다.

밀러 준위가 입술 위에 검지를 댄 채 교회 안을 살펴보았다. 이윽고 그가 들어오라고 신호했다. 병사 네 명이 소리 없이 건물로 진입했다. 뒤이어 군의관과 간호사들이 따라 들어갔다. 예배당 안에는 병사 몇을 포함해 적지 않은 수의 이들이 있었다.

아군을 본 이들의 표정이 확 밝아졌다.

"세상에, 우리를 구하러 왔군요!"

"신이시여, 감사합니다……."

"쉿―. 목소리 낮춰. 급한 부상자만 치료하고 이동한다."

밀러 준위가 빠르게 명령했다. 군의관과 간호사들이 서둘러 짐을 내려놓고 부상자를 치료하기 시작했다.

아네트는 어린 손주를 끌어안고 있는 노인에게 다가갔다. 노인의 옷자락에는 피가 말라붙어 있었다. 그녀가 거친 쇳소리로 아네트에게 물었다.

"나, 나갈 수 있는 거요?"

"곧이요. 상처 좀 확인할게요."

손주는 겁먹은 눈으로 할머니의 품에 안긴 채 숨만 색색 쉬고 있었다. 아네트는 아이의 뺨을 부드럽게 쓸어 주며 말했다.

"할머니 아픈 데를 봐 드리려고 하는데, 잠시만 나와 볼까?"

아이는 큼직한 눈동자를 이리저리 굴리더니, 머뭇머뭇 품에서 빠져나왔다. 아네트가 잘했다는 듯 미소 지어 주었다.

내부가 정리되는 동안 다른 병사들은 경계를 서고, 통신병이 상황을 보고했다.

"브라보 3, 여기는 이글 9. 현재 위치는 다음과 같다. 델타, 섀클, 리마, 섀클, 알파, 폭스트롯……."

"스스로 움직일 수 있는 이들은 스스로 움직이고, 부축이 필요한 이들은 따로 말하도록. 빨리빨리 움직여."

밀러 준위가 소리를 낮추어 속삭였다. 아네트는 상처를 봉합한 실을 조심스레 잘랐다. 그 순간, 교회 건물 밖에서 군용 차량이 덜컹거리는 소리가 들려왔다. 약속한 것처럼 모두가 숨을 죽였다.

교회 다락에 올라가 있던 저격수 한 명이 아래쪽으로 고개를 빼고 손으로 신호했다. 이를 확인한 밀러 준위와 병사들의 표정이 무섭게 굳어졌다. 치료를 받고 있던 부상병들도 총을 쥐었다. 아네트는 가위를 내려놓고, 조용히 아이를 품에 꼭 안았다.

입구 바로 옆에 몸을 붙이고 선 밀러 준위가 아래쪽으로 손짓했다. 병사들이 따라서 민간인들에게 다급히 손짓했다. 모두 바닥에 엎드려 몸을 낮추었다. 아네트는 아이의 머리를 가슴에 바짝 당겨 안은 채 숨을 죽였다. 사위는 바늘 떨어지는 소리까지 들릴 만큼 고요했다.

문득 예배당 안쪽으로 불빛이 비집고 들어왔다. 바깥에서 창문을 통해 손전등을 비추어 보고 있는 듯했다. 아네트는 몸을 떨지

않기 위해 노력했다. 제 긴장과 두려움이 아이에게 전달될까 봐서
였다. 아이 자체를 위한 것도 있지만, 이 상황에서 아이가 울음이
라도 터트리면 정말로 큰일이었다.

한참 교회 이곳저곳을 비추는 듯하던 손전등 빛이 이내 거두어
졌다. 바깥은 고요했다. 소리 없이 안도하는 사람들의 기색이 느
껴졌다.

쨍!

그 순간, 총소리와 함께 유리창이 깨졌다. 동시에 누군가 비명을
질렀다.

타타타타타!

이어 총격이 뒤따랐다. 소름 끼칠 만큼 고요하던 교회 내부가 금
세 소란으로 가득 찼다. 어떤 총소리가 아군의 것이고 어떤 총소리
가 적군의 것인지조차 구별할 수 없었다.

아네트는 아이를 꽉 끌어안은 채 벌벌 떨며 구석으로 기어들어
갔다. 아이는 울지도 못하고 작게 히끅거렸다.

"—!"

밀러 준위가 무어라 소리쳤으나 총소리에 묻혀 들리지 않았다. 아
니, 실제로 그렇다기보다는 귀가 먹먹해서 그저 모든 것이 멀게만
느껴졌다.

아네트는 이 순간 간절히 신을 찾았다. 도와주세요, 살려 주세
요, 우리를 숨겨 주세요……. 두서없는 기도들이 섞여 나왔다.

총격은 꽤 길게 이어졌다. 상황이 어떻게 흘러가는지 알 수가 없
었다. 끝나지 않을 것 같던 소란이 어느샌가 잔잔해졌다.

"아."

누군가 신음인지 탄식인지 모를 소리를 뱉었다.

아네트는 꽉 감고 있던 눈을 희미하게 떴다. 가는 시야 사이로, 예배당 옆쪽에 놓인 흰 성녀상이 어렴풋하게 보였다. 정신없는 와중에도 성녀상은 한없이 숭고하고 거룩하게 느껴졌다. 그녀는 입술을 달싹였다. 로젠베르크 저택 만찬장 벽화에 그려져 있던 그 성녀였다.

'성녀 마리안…….'

감각이 흐릿해졌다. 오래된 기억들이 거품처럼 떠올랐다. 아주 짧은 찰나— 아네트는 모든 것이 정물처럼 완벽하던 과거의 한때를 걸었다.

넝쿨이 얽힌 쇠사슬이 지키고 있는 저택의 울타리, 아름다운 장미 정원, 섬세한 대리석 계단, 그 양옆을 지키고 있던 사자상. 저택을 떠받치는 상아색의 기둥, 일렬로 늘어진 수많은 문, 거대한 만찬장과 층고 높은 천장에 새겨진 벽화, 그리고…….

쾅!

교회 문이 열렸다. 군화 특유의 무겁고 각 잡힌 발걸음들이 우르르 쏟아졌다. 그 섬뜩한 자각에 아네트는 현실로 돌아왔다.

총소리가 몇 번 더 울려 퍼졌다. 누군가 쓰러지더니 쿨럭쿨럭 기침했다. 아네트는 고개를 들어서 확인해 보고 싶었지만, 그렇게 하는 순간 머리에 총알이 날아올 것만 같았다.

이윽고 내부가 완전히 잠잠해졌다. 한 명분의 군화 소리가 저벅저벅 들렸다. 상대가 중얼거렸다.

"쥐새끼들이 여기 숨어 있었군."

유창한 파다니아어였다. 아네트는 순간적으로 아군인 줄 알고 고개를 들 뻔했다. 그러나 같은 음성으로 이어지는 프란체어에 움직임을 멈추었다.

"……*생존 확인을*……."

남자의 명령에 건물 안으로 병사들이 우르르 들어왔다. 아네트는 숨조차 제대로 쉬지 못한 채 바닥에 얼굴을 처박고 있었다.

"일어나! 일어나!"

적군이 프란체어로 명령했다. 아네트는 주춤주춤 고개를 들었다. 그러나 주변 이들은 여전히 몸을 한껏 웅크린 채였다.

적군이 민간인 한 명을 발로 걸어차며 소리쳤다.

"―! 일어나!"

배를 걸어차인 노인이 커헉, 소리를 내더니 허리를 접고 쿨럭거렸다. 그제야 말뜻을 이해한 사람들이 서둘러 몸을 일으켰다.

"이봐…… 그는…… 주민……."

"이놈들에게…… 많이 죽었어……."

다른 적군이 그를 만류하는 듯했으나, 그의 적개심은 여전히 뚜렷했다.

아네트는 눈을 굴려 주변을 빠르게 살폈다. 함께 온 아군들은 이미 종전의 총격전에서 사망해 있었다.

불현듯 '쥐새끼들'을 운운했던 프란체 군인이 손뼉을 두 번 쳤다. 시선이 그에게로 몰렸다. 그는 한 발자국 앞으로 나오며 빙그레 웃었다.

"자자 여러분, 협조해 주시면 무사히 돌려보내 드리겠습니다. 방금 상황은 어쩔 수가 없었습니다. 여기저기 숨어서 공격하는 쥐새끼들 때문에 저희 측도 피해가 상당해서요."

아네트는 저도 모르게 눈을 동그랗게 떴다. 다시 들어도 유창한 파다니아어였다. 남자의 말에선 외국인 특유의 억양이 전혀 느껴지지 않았다. 파다니아 사람이라고 해도 믿을 수 있을 정도였다.

남자는 빙그레 웃는 얼굴 그대로 눈을 가늘게 뜬 채 물었다.

"그래서, 이곳에서 무엇을 하고 계셨던 겁니까?"

"……우, 우린 다친 사람들이고 이곳에 숨어 있었을 뿐이오! 밖에 적들이 있으니까……!"

"아하, 그렇습니까? 파다니아 병사들과?"

"이들은 우리가 포위되었다고 생각하고 구출하러 온 거요. 그리고 애, 애, 애초에 우리는 민간인이오. 아무런 관련이 없소."

"마, 맞아요!"

아네트와 함께 왔던 간호사가 소리쳤다.

"저는 간호사입니다! 국제적 협약에 따라 민간인과 의료 인력은 보호받을 권리가……."

"아, 협약."

남자가 산뜻하게 간호사의 말을 잘랐다.

"그거야 당신네들이 교전권을 먼저 침해하지 않았을 때 이야기고."

"네……?"

"지금 시가전에서 병사들이고 이 동네 사람들이고 합심해서 총을 쏴 갈겨 대고 있는데, 누가 쥐새끼고 누가 무고한 민간인인지 어떻게 구분한다는 거지?"

"그, 그건."

"민간인인 척 우리 진지에 폭탄을 던지고 가는 새끼들도 민간인이니 살려 두어야 하냐는 말이야."

남자의 목소리는 어떻게 들으면 빈정거리는 것 같기도 했고, 또 어떻게 들으면 그냥 가벼운 농담을 하는 것 같기도 했다. 아네트는 빠르게 그의 군복을 살폈다. 직급은 대위. 명찰에는 프란체 철자로 이름이 박혀 있었다. 그녀는 천천히 그것을 읽었다.

엘리엇…… 시도우.

확실히 파다니아 출신의 이름이나 성은 아니었다. 혹시 프란체로 망명한 파다니아인 중 하나인가 싶었는데, 그건 아닌 듯했다. 물론 개명을 했을 수도 있지만. 억양이며 표현이며 너무나 이곳에서 나고 자란 사람 같아서 확인의 확인을 거듭하지 않을 수가 없었다.

"뭐, 됐고. 파다니아 군이 이곳 건물 중 하나를 요새화한다던데, 그게 어디지?"

"……."

사람들은 대답 없이 서로의 눈치만 보았다. 아네트로서는 이들이 저 질문의 답을 아는지 모르는지조차 알지 못했다.

그 순간, 죽은 줄 알았던 아군이 으으 소리를 내며 움찔거렸다. 엘리엇은 그를 쳐다보지도 않고 총구를 겨누었다. 탕. 들썩이던 몸이 가라앉았다. 여기저기서 숨을 들이켰다. 아네트는 순간적으로 아이가 이 광경을 보지 못하도록 머리를 제 품으로 꽉 끌어당겼다. 엘리엇이 중얼거리듯 말했다.

"답이 나오질 않으면 이곳 사람들이 병사인지 민간인인지 구별할 수가 없는데……. 나올 때까지 잡아 둬야 하나?"

종전에 간호사가 언급했던 국제적 협약은 당연히 민간인의 보호를 명시하고 있었다. 그러나 그것은 '적대 행위에 참여하지 않는 자'에 한하는 조약이었다. 엘리엇은 현재 이곳에 있는 사람들을 적대 행위에 참여하는 자로 간주하겠다고 말하는 셈이었다.

"……이곳에는……."

안쓰러울 만큼 떨리는 목소리가 흘러나왔다. 엘리엇의 암갈색 눈동자가 그녀에게 슥 굴러왔다. 아네트는 말을 쥐어짜 냈다.

"……노인들과 아이가 있습니다."

"그래서 어쩌라는 건지 모르겠군."

냉소적인 빈정거림에 말문이 막혔다. 실제로 프란체 병사들의 대부분이 몹시 적대적인 눈빛이었다.

제삼자의 입장에서야 민간인은 말 그대로 그저 무고한 일반 사람이지만, 매일 죽음의 공포를 느끼며 사지를 넘나드는 병사들에게는 그렇지 않았다. 그들은 적국의 민간인을 적군과 한패라고 느꼈다. 동료들을 죽이고 제 목숨을 위협하는 복수의 대상이기도 했다. 그 행위는 결코 옹호되어서는 안 될 것이나 전쟁이 그랬다. 역사적으로 민간인 학살이 없었던 전쟁은 드물다 못해 전무하다고 보아도 좋았다.

특히 헌팅엄 시가전은 민간인들도 꽤 깊숙이 엮인 전투였다. 적군 측의 피해 역시 어마어마하게 컸으니 무엇 하나 쉽게 넘어가지 않을 터였다. 적군이 아군을 죽인 만큼이나 아군도 적군을 많이 죽였다. 협약이나 인정을 들이밀기엔 너무 많은 이들이 죽고 다쳤다. 우연히 치료하게 되었던 그 프란체 소년병처럼…….

"어?"

프란체 병사 중 한 명이 손가락으로 그녀를 가리키며 성큼성큼 걸어왔다. 아네트는 어깨를 흠칫 떨며 그를 바라보았다.

"카트린!"

남자가 환하게 웃으며 두 손을 들어 보였다. 한 손에는 소총이 들려 있었다. 아까 그녀에게 수작을 걸었던 프란체 병사였다.

"*왜 교회…… 치료를…….*"

"……네?"

"왜 여기예요?"

"*아까 다른 길로 걸었는데. 방향이.*"

남자가 고개를 갸웃했다. 분명 헤어질 때 다른 길로 갔는데 왜 이곳에 있냐는 의미인 듯했다. 아네트는 적절한 변명거리를 고르기 위해 잠시 고심했다. 치료할 환자를 찾아 헤매다가 이곳에 당도했다고 할까? 다친 사람들이 이곳에 있다는 이야기를 들어서? 하지만 숨어 있는 이들을 어떻게 찾아냈냐고 물으면 어쩌지?

"뭐야, 니콜로?"

엘리엇이 그에게 질문했다. 남자의 이름이 니콜로인 모양이었다. 그러자 다른 프란체 병사들이 피식거리며 말했다.

"저 간호사…… 부탁을…… 그런데 니콜로가 여자에게……."

"간호사?"

혼잣말처럼 중얼거리며 엘리엇이 미간을 찡그렸다.

그는 아네트와 니콜로를 번갈아 보더니, 빠른 프란체어로 병사들에게 무어라 말했다. 아네트는 그중 '여자'라는 단어밖에 알아들을 수 없었다. 대체 무엇을 말한 것인지, 엘리엇의 말에 프란체 병사들의 얼굴에 경악이 들어찼다. 그들은 믿을 수 없다는 표정으로 아네트를 일시에 바라보았다.

아네트는 상황을 파악할 수가 없어 불안하게 눈치만 살폈다. 무언가 예상 밖의 일이 일어난 것은 확실했다. 프란체 병사들이 저들끼리 수군거렸다. 니콜로는 입을 떡 벌린 채였다. 엘리엇이 고개를 돌려 아네트를 응시하며 태연히 말했다.

"그렇잖아? 당신, 총사령관의 전 부인이잖아."

"야, 너 아까 말한 거 진짜냐?"

"뭐야, 안 자고."

잭슨이 으샤 소리를 내며 하이너의 옆에 앉았다. 하이너는 그를 흘끗 바라보고선 장작을 마저 부수어 던졌다.

"너한테 소중한 건 그냥 망가뜨릴 거라는 게 진짜냐고."

"나도 몰라."

"아, 신이시여. 이 새끼 인생은 평생 불행하겠구만."

"어차피 처음부터 그랬잖아. 너나 나나."

"거기 난 왜 껴?"

잭슨의 불퉁한 물음에 하이너가 픽 웃었다.

"우린 절대 정상적으론 못 살아. 그건 처음부터 정해져 있었다."

"개소리하지 마. 난 이 일이 끝나면 존나 행복해질 거니까."

"이 일이 끝나면 뭘 할 건데?"

"성공해서 승승장구한 다음에 마음씨 좋은 괜찮은 여자 만나서 결혼하고 애 낳고 살아야지."

"꿈이 크군."

"개새끼가."

동굴 안쪽에서 에이미가 작게 신음하는 소리가 들려왔다. 아까 다친 곳을 처치하는 모양이었다.

잭슨은 안쪽을 힐끗 바라본 후 낮게 혀를 찼다. 고요하고 밀폐된 공간이라 모든 소리가 크게 들렸다.

"……결혼은 모르겠고 성공은 할 거야."

"뭘 하는 게 성공인데?"

"음, 이기는 거?"

"그렇다면 네 말뜻은 이 작전의 성공인가?"

"뭐…… '이 작전'이기도 하고, 나중에 제대로 된 전투에서 공을 세우고 싶기도 하고. 난 꼭 장교가 될 거야. 나라에서 집도 받고 훈장도 받는."

잭슨은 품속에서 시가를 꺼내 모닥불에 가져다 댔다. 이윽고 시가 끄트머리가 빨갛게 타올랐다. 그는 한 모금 빨아들이고선 중얼거렸다.

"인정받아야지, 우리도."

뿌옇게 흩어지는 연기와 함께 잭슨이 희미하게 미소 지었다.

"언젠가는 그래야 하지 않겠냐."

프란체 병사들은 교회 안에 널브러진 시체들을 모아 바깥에서 태웠다. 대부분이 아네트와 함께 이곳에 왔던 아군의 시체였다. 아군 중 살아남은 이는 다락에 있던 저격수가 유일했다. 그는 투항했음에도 제대로 된 포로 대접을 받지는 못했다. 프란체 병사들은 그에게 직접 동료들의 시체를 옮겨 태우게 했다. 작업 내내 욕설과 폭행과 비웃음이 뒤따른 것은 물론이었다.

따져 본다면 이 역시 국제적 협약을 위배하는 것이었다. 그러나 이 상황에서 그런 협약 같은 것을 신경 쓰는 이는 없었다.

전쟁이 그랬다.

아네트는 창문 밖으로 빨갛게 타오르는 불길을 바라보았다. 정신이 조금 멍했다. 이제 어떻게 되는지, 뭘 해야 하는지 감을 잡을 수가 없었다.

'……그가 알면 화내겠네. 또 위험한 짓을 했다고.'

이 와중에 그런 생각이 들었다. 하이너가 표정을 무섭게 굳힌 채 목에 핏대를 세우며 화를 낼 것을 생각하니, 어쩐지 두려움이 조금 가시는 것 같았다.

생각해 보면 다시 만난 이후로 그는 화를 자주 냈다. 첫 만남부터 이혼까지 목소리 한번 높이지 않았던 사람인데, 근래 본 그의 화난 모습이 6년간 보았던 화난 모습보다 더 많았다.

'원래 그런 사람이었던 걸까, 아니면 그가 그 정도로 불안하고 초조해진 걸까.'

아네트는 이젠 전부 의미 없는 생각을 하며 아이의 머리칼을 쓸었다. 내내 벌벌 떨던 아이는 지쳐 잠이 들어 있었다. 그녀는 아이의 창백한 뺨을 문질러 검댕을 닦아 주었다. 그러고 보니 아이의 목소리를 단 한 번도 듣지 못했다. 울거나 보챌 법도 한데 그러지 않았다.

아이를 물끄러미 내려다보는 아네트의 시선을 알아챘는지, 옆에서 죽은 듯 앉아 있던 노인이 불쑥 입을 열었다.

"그 앤 말을 못 해요."

"……아."

"전쟁을 겪고 그렇게 됐지."

"이 애의 부모님은…….."

"죽었는지 살았는지 나는 모르겠소."

"할머님의 손자가 아닌가요?"

"부모를 잃은 듯 보이기에 잠깐 내가 거둔 거요. 이렇게 될 줄 알았다면 데려오지 않았을 테지만……."

"그랬군요…….."

"*이봐! 거기 말하지 마!*"

프란체 병사 중 하나가 사납게 소리쳤다. 아네트와 노인은 서둘러 입을 닫았다. 인상을 찌푸리며 몸을 뒤척이던 아이가 부스스 눈을 떴다. 좀 전의 고함 때문인지, 아이가 불안한 기색으로 눈알을 굴렸다. 아네트는 다시 뺨을 쓸어 주며 작게 속삭였다.

"괜찮아. 괜찮아……."

부상병들에게 수도 없이 내뱉었던 말이었다. 그리고 수도 없이 지키지 못한 말이기도 했다.

그때 누군가 아네트의 옆으로 다가왔다. 그녀는 고개를 들어 위쪽을 보았다. 고수머리 병사를 확인한 그녀의 얼굴에 경계가 어렸다. 니콜로였다.

"아넷."

그가 아네트의 이름을 불렀다. 발음을 생략하는 경우가 많은 프란체인 특유의 억양이었다.

"진짜 이름이 더 예뻐요. 왜 거짓말했어?"

"……."

"배고프지 않아요?"

아네트는 고개를 저으며 시선을 피했다. 니콜로는 개의치 않고 그녀의 옆에 쭈그려 앉았다. 속을 알 수 없이 웃는 낯이었다.

"음식 줄 수 있는데."

"……."

"아, 신기하네. ……부인……."

"……."

"왜 전쟁에 있어요? ……같은 여자가."

"그냥요."

"언제 했어요? 결혼의 끝이. 언제예요?"

"……."

아네트는 입을 꾹 다문 채 그를 외면했다. 첫인상부터 그랬지만 느낌이 좋지 않은 사람이었다.

그런 아네트의 옆모습을 빤히 응시하던 니콜로가 피식 웃는 소리를 냈다.

"역시 귀엽네."

중얼거리는 말에 소름이 돋았다. 아까부터 자꾸 얼굴이며 몸을 수차례 훑는 느낌도 기분이 더러웠다. 아네트가 줄곧 무시로 일관하는데도 니콜로는 계속해서 이것저것 말을 걸어왔다. 은근슬쩍 어깨나 손을 터치하기도 했다. 아까 만났을 때는 간호사로서 최소한의 존중은 해 주는 것 같더니, 포로 비슷한 신세가 되자 바로 이 모양이었다.

다른 간호사와 민간인들은 흘끔흘끔 아네트 쪽을 바라보았으나 섣불리 나서지 못했다. 아네트도 그들을 이해했다. 나섰다간 어떻게 될지 모르는 상황이었다.

아네트는 여러 최악의 경우들을 상상했다. 법과 도덕이 사라진 전시에서 일어날 수 있는, 그러니까 살인, 폭행, 고문, 그리고 강간…… 같은 것들.

"이봐, 로젠베르크 양. 저 자식 조심하는 게 좋아."

불현듯 누군가 태연한 목소리로 말했다. 아네트가 흠칫 그를 바라보았다.

엘리엇은 예배당 의자에 다리를 꼬고 앉은 채 한가롭게 시가를 태우고 있었다. 희붐한 어둠 속에서 작고 붉은 빛이 치직거리며 타들어 갔다.

"꽤 질 나쁜 놈이거든."

아네트는 순간적으로 헛웃음이 나오려는 것을 간신히 삼켜 냈다. 누군들 조심하고 싶지 않은 줄 아나. 아무 행동도 취하지 않고 방관하고 있으면서, 말로만 지껄이는 게 재수 없었다.

하지만 그보다 더 걸리는 게 있었다. 저 남자가 부른 호칭이었다.

로젠베르크 양, 이라니.

일반적인 외국인들은 총사령관의 전 부인의 신분은커녕 얼굴이나 이름도 알지 못하는 경우가 태반이었다. 그 정도로 보도 매체가 발달하지는 않은 탓이었다. 그런데 저 남자는 그녀의 얼굴과 이름은 물론 결혼 전 성까지 알고 있었다. 그 호칭이 자연스러웠음은 물론이다.

"뭐야, 뭐라고 했어요?"

"네가…… 조심…….."

엘리엇이 무슨 말을 했는지, 프란체 병사들이 와르르 웃었다. 니콜로는 장난스럽게 성질을 냈다. 엘리엇은 한참 낄낄거리다가 다시 아네트에게 말을 걸었다.

"로젠베르크 양, 얘네처럼 더러운 새끼들 머릿속에 들어찬 생각이란 게 좀 다 비슷비슷하거든. 권력자의 여자랑 자면 자기 수준이 그 권력자랑 비슷해진 것으로 착각을 한단 말이야."

"…….."

"예쁜 얼굴에 전남편까지 범상치 않으니 지금 얼마나 위험해. 저 새끼 눈깔 좀 돌아 있는 거 보이지? 조심해. 나름 좋은 마음으로 충고해 주는 거야. 도움은 안 되겠지만? 하하."

"……하."

"그래도 로젠베르크 양 정도면 좋은 인질이니 잘 봐서 곱게 대우해 줄 수도 있고."

"총사령관을 협박하는 용도인가요?"

"뭐 비슷하겠지. 값도 두둑하게 받아 낼 수 있겠고."

아네트의 입가에 비웃음이 그려졌다. 그녀는 대단히 우스운 농담을 들었다는 양 대꾸했다.

"착각하고 있군요. 난 인질로서의 값어치가 전혀 없어요."

"음?"

엘리엇이 고개를 갸웃거렸다.

"그게 무슨 말이지?"

"보아하니 파다니아 사정에 훤하신 것 같은데, 그럼 저와 전남편의 과거도 아시겠군요. 전남편이 제 가문을 무너뜨렸고 우린 불화로 이혼했어요. 전 국민이 다 아는 사실이죠. 총사령관이 절 구하려고 노력하리라 보시나요?"

"아…… 흐음?"

엘리엇은 이렇다 할 대답 없이 연신 고개를 갸웃거리기만 했다. 아네트의 대답이 이해가 되지 않는다는 표정이었다. 아네트로서는 저 애매한 반응이 대체 무얼 뜻하는 것인지 감을 잡을 수가 없었다.

"뭐, 하이너랑 그쪽 관계는 대충 알고 있기는 한데……."

엘리엇이 턱을 매만지며 중얼거렸다. 하이너를 부르는 호칭도 이상할 만큼 자연스럽고 친근했다.

"그놈 하는 꼴들 보면 그게 다는 아니라고 생각했었는데 말이야. 착각이었나?"

이쯤 되니 저 남자의 정체를 단순히 '파다니아에 대해 잘 아는' 적국의 장교라고 볼 수가 없어졌다. 아네트는 떨리는 음성으로 물었다.

"……당신, 누구예요?"

"뭐, 당신 전남편의 훈련소 동기라고 해 둘까. 동료이기도 했고."

"대체 그게 무슨……."

엘리엇이 말한 훈련소란 필시 서더레인 섬일 것이다. 하이너의 훈련소라고 할 만한 곳은 그곳뿐이니까. 그러나 앞뒤가 맞지 않았다. 프란체의 군인이, 그것도 대위씩이나 되는 사람이 파다니아 왕실군 산하 기관의 출신이라는 건 말이 안 됐다.

따져 묻고 싶었지만 그럴 수가 없었다. 건물 안 모든 이들이 그들의 대화를 듣고 있었다. 프란체 병사들이야 파다니아어를 알아듣지 못하니 그렇다 치더라도, 듣는 귀가 너무 많았다.

하이너가 서더레인 섬 훈련생 출신이라는 건 대외비였다. 해당 훈련생 명단은 비공개 처리되었으니까. 이런 곳에서 그의 과거를 들추고 싶지 않았다. 그러나 엘리엇은 그런 건 전혀 신경도 쓰지 않는 사람처럼 태평하게 말을 이어 나갔다.

"하이너와 작전도 여러 개 함께 수행했었지. 우린 꽤 괜찮은 동료였어. 아, 디트리히 후작의 저택에도 여러 번 방문했었는데…… 기억 못 하겠지? 로젠베르크 양은 우리 같은 것들에겐 관심도 없었으니까. 당신을 흠모하던 군인들이 한둘이 아니었는데 말이야, 하하."

아네트의 얼굴이 약간 창백해졌다.

로젠베르크 저택을 드나들었던 아버지의 부하나 군인들. 하이너 역시 그중 하나였다. 그렇다면 저 남자가 정말 아버지의 부하이거나 군인이었다는 소리였다. 그런 이가 현재 적국의 장교라는 것은 두 가지 경우를 의미했다. 변절 후 망명하여 적국의 부역자가 되었거나.

"그때 내가 쓰던 이름이……."

처음부터 프란체의 첩자였거나.

"잭슨. 잭슨이었지."

그렇게 말하는 엘리엇의 입매에 쓸쓸함이 스쳐 지나갔다. 그러나 너무 짧은 순간이라 아네트는 스스로가 잘못 보았다고 생각했다.

"궁금해 죽겠다는 얼굴이군."

엘리엇이 빙그레 웃으며 말했다. 아네트는 표정을 숨기기 위해 눈을 내리깔았다.

당연히 궁금할 수밖에 없었다. 하이너의 과거에 관련된 이야기였다. 단 한 번도 제대로 물은 적도 들은 적도 없는. 알게 되는 순간— 묻어 두고 덮어 두었던 아픔이 다시 그들의 삶을 잠식하게 될 것을 알았다. 그렇기에 회피하려 그토록 애써 왔다.

"뭐, 궁금하다면 알려 드리도록 하죠. 전부……는 아니라도 대부분? 이젠 딱히 비밀이랄 것도 없고."

"……."

"뭐가 궁금하실까? 전남편의 옛 여자들?"

"……궁금하지 않아요."

"하하, 곱게 자라서 그런가, 거짓말에 영 서투르시네."

엘리엇은 시가 끄트머리에 매달린 재를 툭툭 털어 내고선 의자에서 일어났다. 그가 소총을 어깨에 멘 채 아네트에게 저벅저벅 걸어왔다. 군화 소리가 가까워질수록 아네트의 어깨가 경직되었다. 엘리엇은 춤을 신청하는 신사처럼 정중히 한 손을 내밀며 씩 미소 지었다.

"레이디, 잠깐 걸으실까요?"

아네트는 경계심과 의아함과 두려움이 뒤섞인 얼굴로 그를 슬그머니 올려다보았다. 엘리엇이 어서 손을 잡지 않고 뭐 하냐는 듯 눈썹을 까닥했다. 그러나 아네트는 딱딱히 굳은 채로 앉아만 있을 뿐이었다. 모든 이들의 시선이 이곳에 집중되어 있었다. 더 떨어질 것도 없는 평판이라지만, 여기서 이 장교의 손을 잡고 따라 나가는 게 어떻게 비칠지는 뻔했다.

전쟁으로 생계가 어려워진 여자들은 적국의 병사에게 몸을 팔기도 했다. 그리고 대개 그런 이들은 자국민에게 극심한 배척을 당했다.

말 그대로 극심한 배척이었다. 아네트는 적군에게 창녀 짓을 했다는 이유로 돌에 맞아 죽었다는 여성들의 이야기를 몇 번인가 들은 적이 있었다. 살고 싶어서, 반강제로, 어쩔 수 없어서, 벼랑 끝까지 내몰려서……. 그런 말들은 변명조차 되지 못했다.

참 이상한 일이었다. 사람들은 정치적 변절자보다도, 적군에게 몸을 내준 자국 여성을 더욱 혐오했다.

아네트가 억지로 입술을 움직여 물었다.

"……왜, 요?"

잔뜩 힘이 들어간 아네트의 가는 목에 뼈대가 섰다. 그녀는 긴장을 티 내지 않기 위해 노력했으나 완전히 숨길 수는 없었다. 그러자 엘리엇이 허리를 숙여 입술을 그녀의 귓가에 붙였다. 아네트는 움찔했으나 피하지는 않았다. 낮은 목소리가 귓가로 흘러들었다.

"여기 있다고 좋은 꼴 못 볼걸. 당신처럼 귀하고 아름다운 여자는 더욱 위험하지. 나가자고 할 때 나가는 게 좋을 거야."

"……."

"당신 전남편과의 옛정을 생각해서 충고해 주는 건데, 내가."

아까와 달리 감정이라곤 하나도 실려 있지 않은 듯한 음성이었다. 마치 순식간에 사람이 바뀐 것만 같았다. 남자의 숙인 어깨에 메인 소총이 눈에 들어왔다. 단단하고 매끄러운 철제 표면이 차갑게 번들거렸다.

엘리엇이 다시 상체를 세웠다. 손은 여전히 눈앞에 내밀어져 있었다. 그는 장난스레 제 손을 여러 번 주먹 쥐었다가 폈다.

머뭇거리던 아네트가 손을 들어 그 위에 올렸다. 엘리엇은 픽 웃더니 그녀의 손을 힘주어 잡고선, 위로 당겨 올렸다. 몸이 반강제로 일으켜졌다. 당황한 아네트가 주춤주춤 몸을 가누었다. 말라 보이는 외양과 달리 힘이 장난이 아니었다.

엘리엇은 아네트의 손을 잡고 성큼성큼 걸어가며, 프란체 병사들에게 무어라 말했다. 그러자 병사들이 와르르 웃음을 터트렸다. 한 병사가 니콜로의 등을 때리며 낄낄댔다. 니콜로는 불퉁한 얼굴로 대꾸하더니, 이내 그의 목을 장난스레 조르며 웃었다.

교회 입구를 나서며 아네트가 불안하게 물었다.

"뭐라고…… 한 건가요?"

"뭐, 먹는 것도 계급순이라는 이야기?"

아네트의 얼굴이 급속도로 창백해졌다. 그녀의 걸음이 무거워진 것을 눈치챈 엘리엇이 무심히 말했다.

"걱정할 것 없어요. 안 건드려. 내가 쓰레기 새끼긴 하지만 옛 친구의 여자한테 그럴 정도로 개쓰레기 새끼는 아니거든."

딱히 안심되는 말은 아니었다. 애초에 정말 그와 친구가 맞기는 했던 건지 의문이었다.

아네트는 슬그머니 그에게서 손을 뺐다. 엘리엇은 딱히 신경 쓰지 않는 듯 걸음을 옮겼다.

간간이 마주치는 프란체 병사들이 엘리엇에게 인사를 해 왔다. 확실히 근방은 전부 적군에게 점령된 모양이었다.

"어디로 가는 거죠?"

"그냥 걷는 건데. 아, 도시가 완전 엉망 됐네. 전에 여기 와 본 적 있나?"

"……아뇨."

"서부 관광지로 꽤 유명한 곳이야. 원래 엄청 예쁜 도시였거든. 이 강을 따라 쭉 가면 바다가 나오는데, 거기 강과 바다의 경계선이 예술이지."

서부 관광지. 아네트는 새삼스럽게 도시의 정경을 바라보았다.

*"그럼 조만간 벨몬 카운티로 휴가를 가는 게 어떻습니까? 봄이
오면 선셋 클리프나, 다른 서부 지역으로 가고."*

그래, 그가 그런 말을 했었더랬다.

그 제안이 까마득한 먼 일 같았다. 실상 헤아려 보면 그리 오래되
지 않은 시기임에도……. 그 사람과 관련된 기억은 온통 그랬다. 모
든 것이 아득하게만 느껴졌다.

결국 여행은 가지 못했다. 오래 지나지 않아 그녀는 다시 자살을
시도했었고, 그들은 이혼했다. 실상 하이너가 그 제안을 한 시기도
그녀가 첫 번째 자살 시도를 했던 이후였다. 그 사실을 인식한 아
네트는 닿지 않는 의문을 던졌다.

그는 왜 그들에게 미래가 있는 것처럼 이야기했을까.

어떤 심정으로 그 말을 했던 것일까.

그렇게 말하는 것이, 마치 그들의 앞길에 어떤 희망을 가져다줄
수 있기라도 한 것처럼…….

아네트는 불태워지고 짓밟힌 헌팅엄의 건물과 거리를 멀거니 응
시했다. 과거에 얼마나 아름다운 도시였든, 지금은 폐허가 된 전쟁
터일 뿐이었다.

"……그래서 왜 걷자고 하신 건데요?"

"말했잖아, 궁금한 거 알려 주겠다고. 진짜 나한테 물어볼 거
없니?"

"없어요."

"이거 남편한테 관심이 없어도 너무 없네. 하이너 그 자식, 어지

간히 마음고생 좀 했겠군. 내 마음이 다 아파."

엘리엇은 한 손으로 가슴께를 잡으며 과장되게 연기했다. 아네트는 떨떠름하게 그가 하는 꼴을 응시했다. 뭐 하는 사람일까, 이 남자는.

"사실 로젠베르크 양에게 질문받겠다는 건 핑계고, 내가 좀 궁금해서 불렀어. 그놈 자식 어떻게 지냈나 하고. 나한테 들려오는 소식이라고 해 봐야 온통 총사령관으로서의 행적들뿐이니."

"······정말 친했다고요? 그 사람과?"

"그랬다니까."

"당신, 변절했나요? 아니면 첩자?"

"오, 생각보다 머리가 잘 돌아가네. 하지만 한 가지 정정하자고. 전쟁 전에 망명했다면 변절자라고 할 수는 없지. 그냥 이민자일 뿐."

"그래서 어느 쪽인가요?"

"어느 쪽 같아 보여?"

"서더레인 섬 훈련생들은 꽤 어린 나이에 입소한다고 들었어요. 전자겠군요."

"괜찮은 추측이야."

엘리엇이 짧게 웃으며 덧붙였다.

"하지만 너무 순수한 추측이네. 아무리 간호사랍시고 전쟁터에서 굴러 봐야 역시 태생은 어쩔 수가 없나."

"무슨······."

"난 파다니아에 아주 오랫동안 있었어, 로젠베르크 양. 꽤 어릴 때부터 있었지. 서더레인 섬 훈련소에 잠입하는 게 내가 조국으로부터 받은 임무였거든."

일순 아네트가 걸음을 멈추었다. 엘리엇은 그녀를 따라 멈춘 후

새 시가를 꺼냈다. 그는 주머니를 뒤적이더니 희미하게 인상을 쓰며 중얼거렸다.

"아, 라이터를 안 가지고 왔네."

"……."

"라이터 없지?"

"……없어요."

"시가 한번 배워 봐. 꽤 괜찮아. 아, 로젠베르크 양도 디트리히 후작처럼 고상하게 궐련만 피우는 타입인가?"

"어떻게 하이너와 친구라는 말을 할 수가 있죠?"

"음?"

엘리엇이 고개를 갸웃거렸다. 아네트는 엘리엇을 노려보며 차갑게 말했다.

"당신은 첩자예요. 배신자라고요."

"뭐, 그렇긴 한데…… 로젠베르크 양한테 그런 말을 들으니 좀 이상하군. 하이너는 당신과 당신 가문을 배신했잖아."

"그건 별개의 문제고."

"그렇다면 할 말은 없지만. 이봐, 너무 그렇게 노려보지 마. 당신은 무슨 표정을 해도 지나치게 예쁘거든."

엘리엇이 큭큭거리며 웃었다. 아네트는 어이가 없다는 듯 미간을 좁힌 채 그를 바라보았다. 그가 어깨를 으쓱였다.

"난 당신한테 별 감정 없어. 아무리 예뻐도 나한테 여자는 다 비슷하게 느껴진단 말이야. 가짜 연인 행세를 지긋지긋하게 해서 그런가."

그 말을 듣는 순간 아네트는 하이너를 또다시 떠올렸다. 그도 훈련생 출신이었으니 첩자 노릇을 수도 없이 했을 것이다. 하이너에게도 모든 여자가 비슷하게 느껴졌을까. 그녀는 그에게 단지 목표 작업 대상, 그 이상도 이하도 아니었을까. 이미 알고 있던 사실임에도, 같은 일을 했던 남자에게 들으니 새삼스러운 것은 어쩔 수 없었다.

"하지만 뭐랄까…… 그때 당신은 후작저를 드나들던 훈련생이나 병사들에게 엄청난 존재였거든. 그래서 나도 대하기가 좀 어렵긴 해."

"……엄청난 존재라뇨?"

"말했잖아, 당신을 흠모하던 군인들이 한둘이 아니었다고. 아름답지, 우아하지, 신분 높지, 최고 상관의 딸이지. 건드리진 못하고 바라만 봐야 하지만…… 뭐 그래서 더 특별한 것 아니겠어?"

손가락을 접어 가며 이유를 꼽던 엘리엇이 큭 소리를 내며 웃었다.

"그 목석같던 새끼도 그럴 줄은 몰랐지만."

아네트는 잠시 제 귀를 의심했다. '목석같던 새끼'가 누굴 뜻하는 것인지는 자명했지만, 차마 연결 지을 수가 없던 까닭이다.

"하이너……를 말하는 건가요?"

"그럼 누구겠어?"

"……그 사람이 절…… 그러니까 제게……."

"응, 로젠베르크 양에게 마음이 있었을걸? 당신이 지나갈 때면 아주 멀리에서도 눈을 못 떼고 쳐다보던데. 내가 그놈 그러는 꼴을 처음 봤다니까."

엘리엇이 낄낄대며 웃었으나 아네트는 억지 미소조차 지을 수 없었다.

"내가 잘해 보라고 할 땐 헛소리 말라고 시치미를 딱 떼더니, 결국 결혼하더라? 안 그래도 계속 궁금했는데, 대체 그놈이 어떻게 꼬신 거야?"

"……당신, 언제 작전을 종료하고 프란체로 돌아갔죠?"

"음? 흐음……. 713년도 초였나."

그때라면 장미 정원에서 하이너를 처음 만나기도 전이었다. 그는 이전부터 자신을 알고 있었던 걸까. 하긴 처음부터 제게 일부러 접근한 것이니 그편이 일리가 있었다.

하지만 저자의 말이 사실이든 아니든, 지금으로선 제가 하이너에게 중요한 인물로 여겨져서는 안 됐다.

죽으면 죽었지 그에게 방해가 될 수는 없었다. 아네트는 딱히 대단한 의미도 아니라는 듯 담담히 말했다.

"관심이야 갔겠죠. 그 사람은 처음부터 제게 목적이 있었으니까. 혁명 이후엔 본모습을 숨길 생각도 하지 않았고요."

"아, 혁명. 그렇지. 말 나온 김에 말이야─ 그러고서도 결혼 생활을 3년이나 더 유지했던데, 그건 왜지?"

"평판 때문이겠죠."

"평판? 디트리히 후작의 딸과 더 살아 봐야 평판에 좋을 게 뭐가 있어?"

"강제로 내쫓을 수는 없었을 테니까요. 제가…… 이혼을 받아들이지 않았으니."

"아, 그건 말이 좀 되네. 하하, 천하의 로젠베르크 양이 관저에서 버티는 꼴이라. 자존심도 없었나?"

자존심…….

참 낯설게 들리는 단어였다. 한때는 그것을 '지켜야 하는' 것으로 생각조차 하지 않았다. 그저 당연히 '지켜지는' 것이었으니까.

"……글쎄요."

아네트는 조금 먼 곳을 바라보며 중얼거렸다.

"왜 그랬는지."

133

그을린 나무 꼭대기가 안개에 잠겨 있었다. 포화에 검게 탄 나무는 손대면 그대로 부서져 내릴 것처럼 위태로웠다.

문득 시선이 느껴져 고개를 들었다. 엘리엇이 그녀를 빤히 응시하고 있었다. 그는 싱긋 웃으며 말했다.

"걷자고."

순찰 중이던 프란체 병사에게 불을 빌린 그가 두 번째 시가를 입에 물었다. 늘 생각하던 것이지만, 전쟁터의 병사들은 백이면 백심각한 중독자인 것 같았다.

"그래서, 그놈은 어떻게 지냈어?"

"그냥, 잘⋯⋯."

"잘?"

아네트는 다소 기계적으로 대답했다.

"혁명은 성공했고, 총사령관도 됐고. 사람들의 존경과 사랑을 한 몸에 받고. 잘 사는 거 아니겠어요, 그게."

"이런, 난 좀 더 개인적인 부분을 말한 거야. 그런 것쯤은 나도 신문으로 볼 수 있다고."

"개인적인 거라면⋯⋯."

"그러니까— 행복하게, 말이야. 난 그놈이 평생 불행하게 살 거라고 생각했었거든. 그래서 약속했지. 난 존나 행복해질 거라고."

그렇게 말하는 엘리엇의 얼굴에는 그 어떤 걱정도 근심도 없어 보였다. 아네트는 무심코 물었다.

"⋯⋯왜 그렇게 생각했어요? 그 사람이 불행할 거라고."

"뭐, 이유야 다양해. 일단 그놈 성정이나 살아온 인생 자체가 행복해지긴 글러 먹었고. 그렇다고 딱히 행복해질 의지도 없는 것 같고. 무엇보다 내가 그놈 삶을 시궁창으로 처넣었으니까."

"그게 무슨……?"

"그 자식, 프란체 새끼들 다 죽여 버리겠다고 길길이 날뛰진 않았나?"

엘리엇의 웃음소리를 따라 담배 연기가 한 모금씩 흘러나왔다. 아네트는 대답 없이 느리게 고개만 저었다.

"그래서, 남편이 행복하게 잘 살았는지 아닌지는 모른다는 건가?"

그는…… 딱히 행복하지는 않았던 것 같다.

엘리엇에게는 그에 대해 잘 모르는 것처럼 대답했지만, 사실 하이너는 행복하지 않은 때조차 행복한 척을 할 수 있는 사람이었다. 그러니 보이는 것만으로 판단하는 건 무의미했다. 그렇다고 이런 이야기를 구구절절 엘리엇에게 하고 싶지는 않았다. 말이 길어져서 좋을 것도 없었고.

"그럼 혹시 친구들 이야기는 한 적 없어? 그놈들 다 살았는지 죽었는지 모르겠네."

"……저도 잘……."

"흠? 그럼 하이너가 정확히 후작을 위해 뭘 했는지, 어째서 후작을 증오하는지는 알아?"

"……."

"로젠베르크 양, 전남편에 대해 영 아는 게 없군그래?"

아네트는 간신히 동요를 숨겼다. 그에 대한 질문을 들을 때마다 입 안이 바짝 말라 오는 듯했다. 엘리엇이 의아하다는 듯 말했다.

"다른 건 몰라도 과거 이야기는 알아야 한다고 생각했는데 말이야. 결국 이 모든 게 그쪽 아버지 때문에 일어난 일이니까. 하이너가 로젠베르크 양에게 말해 주지 않았나? 아니."

"……."

"로젠베르크 양, 남편한테 제대로 물은 적이나 있는 건가?"

아네트는 떨리는 손을 치맛자락 뒤로 감추었다. 묻지 않았다. 물어서는 안 된다고 생각했다. 묻는 순간, 우리는 영원히 아픔에서 벗어나지 못하게 될 테니까.

우리는 영원히⋯⋯.

그 말 하나로 나는 어디까지 도망쳐 왔던가.

엘리엇은 허공 어디쯤을 응시하며 시가를 깊게 빨아들였다. 한숨처럼 연기를 내뱉은 그가 작게 혀를 찼다.

"나한테 들을 이야기는 아니라고 생각되지만⋯⋯. 이혼했으니 앞으로 다시 만날 일도 없어 보이고."

"⋯⋯."

"나도 디트리히 후작에겐 사감이 있어. 하이너의 일은 별개로 치더라도, 로젠베르크 양이 그 인간에 대해 제대로 알았으면 좋겠군."

주변을 감싼 안개가 조금씩 옅어지는 듯한 착각이 들었다. 그러나 여전히 먼 시야는 뿌옇게 잠겨 있었다.

"긴 이야기야."

아네트는 안개 속으로 걸음을 내디뎠다.

그만둬야지, 하고 생각하던 때가 있었다.

그녀를 찾아가는 짓 따위 그만둬야지.

먼발치에서 바라보는 짓 따위, 이제는 그만둬야지.

사실 한두 번 생각하던 것도 아니었다. 제가 발 딛고 선 곳이 벗어날 수 없는 수렁이라는 사실을 깨달을 때마다— 하이너는 이 모든 짓거리를 그만둘 것이라 다짐하고 또 다짐했다.

훈련소를 졸업하고 정식 군인이 되는 것과는 다른 문제였다. 훈련생 출신으로서 누릴 수 있는 모든 영예를 얻게 된다고 해도 마찬가지였다.

제 영혼은 죽을 때까지 이 섬에 갇혀 있게 될 테니까.

어둡고 질척한 수렁 속에서 저 빛나는 별을 원하는 것만큼 비참한 일도 없으리라. 그러니까 그만둬야지. 그렇게 생각하던 때가 있었다.

그날이 그랬다.

교관에게 발로 차여 시퍼렇게 멍이 든 복부가 움직일 때마다 통증을 호소했다. 동기를 폭행하던 교관을 말리려다 얻어맞은 탓이었다. 이도 그나마 하이너가 후작의 눈에 들었기에 손속을 봐준 것이었다. 얼굴과 몸을 수십 차례 폭행당한 동기는 영구적인 장애를 얻었다. 움직일 수 없는 훈련생은 아무런 쓸모가 없다. 그는 섬 내에서 처리될 것이다. 이곳에서 일어나는 모든 일은 기밀이므로.

그 동기는 꽤 오랫동안 함께 훈련했던 대련 상대였다. 빠르고 강한 주제에, 어울리지 않게 수줍음은 많던. 그가 그렇게 된 데에 특별한 이유 같은 것은 없었다. 그날따라 교관의 기분이 좋지 않았고, 그는 잘못 걸렸을 뿐이었다. 그게 전부였다.

동기를 잃는 건 익숙한 일이었다. 그러나 하이너는 눈앞을 메웠던 피투성이의 장면들이 영원히 제 기억 속에 자리할 것임을 직감했다. 제 삶은 이 거지 같은 기억들과 함께 가라앉게 될 것이다. 심해 바닥에 묻힌 쓰레기처럼.

그래서 그날도 하이너는 생각했다. 이딴 짓거리 전부 그만둬야

겠다고. 정말 오늘을 마지막으로, 다시는 이곳을 찾아오지 않을 것
이라고.

정말로 다시는.

소년은 기이한 악에 받쳐 정원 안쪽으로 거칠게 걸음을 옮겼다. 땅
에서 탁탁 소리가 났다. 그러다 문득 들려오는 훌쩍임 소리에 다리
를 멈추었다. 소동물처럼 자그마한 여자애가 화단 구석에 앉아 있었
다. 질 좋은 드레스와 길게 길러 곱게 땋은 금발은 척 보기에도 귀한
신분임을 짐작하게 했다.

하이너는 반사적으로 나무 뒤에 숨어 그녀를 지켜보았다. 그녀
는 무릎에 얼굴을 묻은 채 서럽게 훌쩍이고 있었다.

난생처음 보는, 앞으로도 결코 볼 일이 없으리라 생각한 그녀의
눈물에 하이너는 뻣뻣하게 굳었다.

뭐가 그리 슬픈지 그녀는 무척이나 서럽게 울고 있었다. 작은 등
이 가늘게 들썩이는 모습을 보자, 가슴 안쪽이 저미는 듯한 감각이
들었다.

'어째서……?'

어째서 너는 크고 화려할 게 분명한 네 방을 놔두고, 이곳에서 울
고 있는 걸까. 왜 누구에게도 온기를 구하지 않고 혼자 여기에 있
는 걸까.

네게도 견디기 어려운 일이 있을까.

네게도 마음 아픈 일이 있을까.

너도…… 조금은 외로울까.

우스운 생각이었다. 저 애가 상상할 수 있는 슬픔이란 한낱 작고
얕은 것에 불과할 터였다.

그럼에도 불구하고 하이너는 그녀가 자신을 대신해서 울어 준다

고 느꼈다. 그럴 리 없다는 것을 알면서도.

그래서 그는 자리를 떠날 수 없었다.

그녀에게 다가가 말을 걸 수도, 안아 위로해 줄 수도 없음에도 그는 오랫동안 거기에 있었다.

"중부 집단군이 진격을 멈추었다고? 병력 재배치?"

하이너가 의아하게 되물었다. 장교는 부동자세로 힘차게 대답했다.

"예, 방금 긴급으로 들어온 보고입니다!"

"잠깐, 병력을……."

하이너는 자리에서 벌떡 일어나 거대한 지도가 올려진 탁자로 향했다. 그의 시선이 중부 전선에서 북부 전선으로, 그리고 북부 전선에서 남부 전선으로 옮겨 갔다.

"남부……. 남부……? 체셔 필드?"

중얼거리던 그가 스스로에게 확답하듯 다시 반복했다.

"……체셔 필드."

프란체의 총통은 남부의 곡창 지대인 체셔 필드를 차지하고자 하는 야욕이 어마어마한 자였다. 그에게 체셔 필드는 이번 파다니아 본토 침공의 가장 주요한 목적 중 하나라 해도 과언이 아니었다.

그러나 현재 남부의 전황은 파다니아에 유리하게 흘러가고 있었다. 도시가 점령당하기 직전에 놓인 중부 전선과는 반대였다.

프란체의 총통은 마음이 급해졌는지, 상대적으로 진격 속도가 빠른 중부 집단군에서 병력 일부를 차출해 남부로 보낼 심산인 듯했다.

'멍청한 놈이군. 우리에겐 행운인가.'

병력 차출을 한다면 중부 집단군은 진격을 잠시 멈출 수밖에 없을 것이다. 그렇다면 이쪽에서는 방어선을 구축할 시간을 얻을 수 있었다.

또한 지난밤 늦은 시각에, 헌팅엄의 이동 인력이 무사히 탈출했다는 소식을 전해 들었다. 모든 것이 제법 괜찮은 방향으로 흘러가고 있었다.

하이너는 한쪽 입꼬리를 미미하게 올리려 했으나, 왜인지 뜻대로 잘되지 않았다. 그는 손끝으로 입매를 잠시 매만졌다. 웃는 법을 잊어버린 것 같은 느낌이 들었다. 언제부터였는지도 알 수 없었다. 아니, 구태여 따지자면 언제 웃는 법을 배웠는지부터 되짚어야 했다.

"당신이 좋아요."

언제부터……

"저랑 정식으로 교제하실래요, 발데마르 씨?"

하이너는 의식적으로 생각을 멈추었다. 옅게 떨리는 눈꺼풀을 내리감았다가 떴다. 입매에서 손을 뗀 그가 고개를 들었다.

"당장 회의 소집해."

"……거기에서 내 임무는 끝이었어. 걔들은 심문실로 넘겨졌고 고문당했지. 꽤 오랫동안. 우리 군부가 고문 잘하기로 유명한데, 알아? 하하. 없던 사실도 만들어 내는 데 선수들이라니까."

"저는 당신 부친이 관리 감독했던 군사 교육 기관의 스파이로 양성되었습니다."

"유일하게 하이너 그놈만 아무것도 발설하지 않았다더라고. 심문관들 말론 무슨 사이비 종교에라도 심취한 줄 알았대. 이 고문만 견디면 천국행 티켓이 예정되기라도 한 것처럼……. 나라면 천국이고 뭐고 다 불어 버렸을 텐데 말이야, 안 그래?"

"훈련, 약물, 폭행, 감금…… 양성에 필요한 모든 방법이 동원되었습니다. 당신의 부친은 그곳을 수석으로 졸업한 저를 흡족히 여겨 직접 들였지요."

"아무튼— 그 시기에 프란체와 라틀랜드 간 전쟁이 터졌고, 혼란한 사이에 싹 다 탈출해 버렸더라고. 사실 난 국경에 닿기도 전에 다 죽었을 줄 알았어. 그 몸으로 국경까지 가기란 거의 불가능이거든."

"그러나 저는 디트리히와 왕실을 증오하였기에, 혁명군을 도와 현 정부를 세웠습니다. 당신에게 접근한 것 역시 계획의 일부였습니다."

"그런데 나중에 확인해 보니 하이너 혼자 살아서 본국으로 귀환한 것 같더군. 기적이지? 그 만신창이인 몸으로 어떻게 귀환에 성공한 건지, 나 참. 그래서 결국 천국행 티켓을 얻었는지는 모르겠지만, 하하."

그 남자를 장미 정원에서 처음 만난 날로부터 8년이 흘렀다. 긴 시간이 흐른 지금에서야 그의 유년의 조각들을 주워든다. 그 조각들 가운데서 아네트는 문득 깨달았다. 그에게서 흘러나왔던 건조한 회상 따위, 그 삶의 아주 작은 일부분조차 반영하지 못했었음을.

아네트는 핏기가 가신 얼굴로 입을 틀어막았다. 손바닥 안으로 뜨거운 숨이 토해졌다. 온몸이 주체할 수 없이 떨려 왔다.

알지 못했다.

"예…… 저만. 저만 살아 돌아왔습니다."

그의 말에 얼마나 많은 것들이 담겨 있었는지를.

"동료들은 모두 작전 중에……."

그렇게 말하는 그의 심정이 어떠했을지를. 아네트는 아픔과 고통이 어떤 식으로 사람의 삶을 지배하는지 이젠 알았다.

도망쳐도 벗어날 수 없다. 그것들은 언제나 한 겹 물 아래서 어른거리며 그 자리에 있다. 기억도 영원히 거기 갇혀 있다. 그것들은 인생의 궤적을 따라 늘 함께 움직인다. 단지 시간이 지날수록 조금씩 아래로 가라앉을 뿐. 삶의 나약한 순간마다 올라와 발목을 끌어당기며…….

"그래서 로젠베르크 양에게 물어본 거야. 걔가 행복한지."

아네트는 입을 틀어막았던 손을 멍하니 떼어 냈다. 그리고 엘리엇을 바라보았다. 그가 단조로운 투로 말했다.

"기어코 살아 돌아간 곳이 천국인지 지옥인지 궁금하더라고."

엘리엇은 이미 다 타들어 간 지 오래인 시가를 손가락 사이에 끼운 채 가볍게 웃어 보였다.

"그 뒤로 하이너를 만난 적은 없어. 뭐, 못 만나는 거지. 나도 염치라는 게 있다고."

"······당신······."

"그냥 전부 죽었다면 후환 걱정은 안 해도 될 텐데, 하하. 괜히 이런 불편한 상황 같은 것도 안 겪을 테고 말이야. 안 그래?"

"당신 대체, 어떻게 그런 짓을 해 놓고 그의 동료라고, 친구라고 말할 수가 있어······?"

분노가 깃든 목소리가 띄엄띄엄 흘러나왔다. 아네트는 어깨를 가늘게 떨며 엘리엇을 노려보았다. 저 뻔뻔한 남자가 가증스러웠다.

"그런 짓이라."

엘리엇은 시가를 바닥에 대충 던졌다.

"세상엔 그렇게 살아가도록 태어난 사람들이 있는 거야. 그렇게 살아가야만 하는 사람들이. 하이너와 나처럼······ 우리처럼 말이야."

"하."

"그리고 결론적으로 후발 부대를 보내지도 포로 교환을 시도하지도 않은 건 로젠베르크 양의 아버지야. 그는 그들을 헌신짝처럼 버렸지. 디트리히 후작의 특기야. 자길 위해 충성했던 사람들을 내버리는 거."

"그래서 당신은 죄가 없다고?"

"뭐, 죄가 없다기보다는, 나만 개새끼는 아니었다는 거지. 굳이

원죄를 따지자면…… 글쎄. 나한테는 내 조국인가? 그런데 또 죄를 물을 수도 없는 무형의 상대네."

빌어먹게도, 엘리엇이 중얼거리듯 덧붙였다. 그는 여전히 미소 짓는 낯이었으나 그 안은 기묘하게도 텅 비어 있었다.

"개소리하지 말아요."

아네트가 짓씹듯 말했다. 잔뜩 억눌린 목소리였지만 그 어조만큼은 또렷했다.

"나도, 나도 당신처럼 생각했던 때가 있었어요. 세상엔 그렇게 살아가도록 태어난 사람이 있다고. 태생이 그렇고 환경이 그런데 뭘 어쩌겠느냐고. 내가 나를 이렇게 만든 것도 아닌데."

"……."

"그런데 그 결과가 이거예요. 나한테 남은 건 내 망가진 삶과 내가 망가뜨린 삶밖에 없어."

엘리엇의 얼굴에서 표정이 지워졌다.

"그렇게 태어나서, 그럴 수밖에 없었다고? 생각해 봐요. 당신에게 정말로 선택지가 없었는지. 당신 삶과 다른 사람의 삶을 조금이라도 덜 망가뜨릴 수 있는 선택지가."

"……웃기지도 않은 충고네."

"난 그걸 깨닫는 데 좀 오래 걸렸어요. 당신은 더 오래 걸리겠죠."

"자살을 시도했다가 삶의 소중함을 깨달은 이들이 없지 않기는 해."

그녀가 자살을 시도했다는 사실까지 알고 있었는지, 엘리엇이 빈정거렸다. 그러나 거기엔 웃음기보다는 씁쓸함이 담겨 있었다.

아네트는 동요 없이 담담히 말했다.

"……정말 선택지가 없었다면 최소한의 사죄라도 해야 하고. 물론 사람마다 생각은 다르겠죠. 하지만 적어도 내 결론은 그랬어요."

엘리엇은 대답하지 않았다. 해가 비치며 안개가 조금씩 옅어졌다. 한동안 그들 사이에 침묵이 흘렀다. 그는 무슨 생각을 하는지, 눈을 내리깐 채 제 발치만 내려다보고 있었다. 무게감이라곤 전혀 없어 보이던 지금까지와는 사뭇 다른 분위기였다.

"내 아버지의, 디트리히 후작의 일은."

문득 아네트가 입을 열었다.

"내게 자격이 있다면…… 대신 사죄하고 싶어요. 적어도 그 부분에서 당신은 피해자니까."

"……."

"미안해요."

엘리엇이 시선을 들었다. 그의 눈동자에선 딱히 감정이 엿보이지 않았다. 그가 무미건조하게 웃으며 고개를 지었다.

"글쎄. 다른 사람들은 어떨지 모르겠지만, 난 당신에게 죄가 있다고 생각한 적은 없어. 당신보다 못돼 처먹은 인간들이 한둘도 아니고."

"그래도요."

"점점 춥군. 그만 들어갈까?"

엘리엇은 그녀가 대답하기도 전에 몸을 돌렸다. 마치 무언가를 회피하려는 사람 같았다.

그들은 말없이 왔던 길을 되돌아왔다. 인사해 오는 병사들을 엘리엇이 건성으로 받아 주었다.

교회 앞에 당도할 무렵, 그가 불현듯 말했다.

"로젠베르크 양, 한 가지 말하지 않은 게 있는데."

"……네?"

"그때 심문실에서— 내가 그놈 갇혔던 독방을 한번 찾아가 본 적이 있었거든. 그래도 내 손으로 넘겼는데 신경이 쓰여서 견딜 수가 있어야지.”

“…….”

“완전 피떡이 되어선 앓고 있더라고. 죽은 줄 알았는데 뭐라 뭐라 중얼거리기에 살아 있구나 했지. 난 이놈이 뭐라고 하는 건가, 싶어서 자세히 들어 봤었거든. 들어 보니까…….”

엘리엇은 조용한 눈으로 그녀를 직시하며, 느리게 입술을 움직였다.

“아네트.”

그녀의 눈이 커졌다.

“당신 이름을 부르더라고, 계속.”

아네트는 멍하니 그와 시선을 마주하다가, 고개를 살짝 비틀었다. 떨리는 입술이 몇 번 달싹이다 다시 다물렸다. 해명해야 한다는 것을 알았다. 총사령관을 위협할 쓸모 있는 인질로 여겨져서는 안 되니까. 하이너에게 중요한 존재로 여겨져서는 안 되니까…….

알고 있는데도 도저히 입술이 떨어지질 않았다. 머릿속이 틈 없이 꽉 채워져 있거나, 혹은 역설적으로 텅 빈 듯한 느낌이 들었다. 마치 그런 그녀의 상황을 배려라도 해 주듯, 엘리엇이 어깨를 으쓱이며 태연히 말했다.

“뭐, 모르지. 당시엔 그놈이 로젠베르크 양을 절절히 사랑해서 그런 줄 알았는데, 오늘 또 이야기를 듣고 보니…….”

“…….”

“그게 사랑하는 여자의 이름을 부르는, 마냥 낭만적인 상황은 아니었을지도?”

엘리엇이 피식 웃으며 농담처럼 덧붙였다.

“혹시 뒷말이 잘렸던 것 아니야? ‘아네트, 씨발 죽여 버릴 거야.’ 여기서 내가 앞부분만 들었던 거지. 하하.”

아네트는 그가 정말로 '난 인질로서의 값어치가 없다'라는 말을 믿는 것인지, 아니면 그냥 믿는 척 놀리는 것인지 헷갈렸다.

'후자라면…… 어떻게 해야 하지.'

사실 아네트조차도 제 말에 믿음이 들지 않던 차였다.

애당초 하이너에게 자신이 중요한 존재가 아니라면, 인질이 되든 말든 신경 쓸 바도 아니었다. 어차피 하이너가 협상에 응해 오지 않을 테니까. 그러나 아네트는 필사적으로 부정하고 해명했다. 사실 그녀도 무의식적으로 알고 있기 때문이다.

자신이 그에게 중요한 존재라는 것을.

모르는 게 이상했다. 그녀에게 집요하게 제대를 권유하고, 후방 이동 명령을 두 번이나 내린 것만 봐도 그랬다. 그러나 아네트는 그 '중요성'이, 엘리엇이 생각했던 것처럼 사랑이라고는 여기지 않았다. 적어도 그녀가 아는 사랑은 이런 게 아니었다.

"당신이랑 있으면 나는 불행해지기만 해……."

사랑은 그런 게 아니었다.

아네트는 표정과 호흡을 정돈한 후, 담담히 내뱉었다.

"……그 사람 목표가 나와 내 가문을 무너뜨리는 거였으니까요."

"그 묵묵하고 재미없던 놈이 반기를 들다니, 역시 세상일은 예상대로만 흘러가지 않는다니까."

엘리엇은 마치 파티장 입구에서 레이디를 에스코트하는 것처럼, 완벽한 예법으로 교회 문을 연 후 그녀를 이끌었다.

"자, 먼저 들어가시죠."

엘리엇은 상시의 가볍고 장난스러운 모습으로 다시 돌아와 있었다. 아네트는 그와 최대한 거리를 두며 건물 안으로 들어섰다.

그 순간, 발치로 무언가가 날아오듯 쓰러졌다. 아네트는 짧게 비명을 내지르며 뒤로 휘청거렸다. 엘리엇이 어이쿠, 하며 그녀의 등을 받쳐 주었다.

문가에 쓰러진 남자가 몸을 둥글게 만 채 힘겹게 쿨럭거렸다. 함께 온 병력 중 유일하게 살아남은 아군 저격수였다. 그의 얼굴은 완전히 피떡이 되어 있었다. 본래 이목구비의 형체를 찾기도 어려울 정도였다.

"세상에……!"

아네트는 놀라 엘리엇을 밀치고 앞으로 달려 나갔다. 얼떨결에 교회 문밖으로 밀쳐진 엘리엇이 중심을 잡았다.

"고백도 안 했는데 차인 기분인데, 이거."

뒤에서 엘리엇이 헛소리를 했다. 아네트는 무릎을 꿇고 앉아 정신없이 병사의 상태를 살폈다. 다른 곳은 크게 문제가 없는 것을 보니 얼굴만 집중적으로 폭행한 것 같았다. 아네트는 엘리엇을 휙 돌아보며 외쳤다.

"그만하라고 해요!"

"내가? 왜?"

엘리엇은 의아하다는 듯 고개를 갸웃거렸다. 아네트가 헛숨을 뱉었다. 도대체가, 저 남자와는 사고방식 자체가 다른 느낌이었다.

그때 프란체 병사가 걸어 나오며 빠르게 말했다. 하지만 잔뜩 흥분한 어조라 아무것도 알아들을 수 없었다. 엘리엇이 프란체 병사에게 무언가를 물었다. 병사는 씩씩거리며 대답하고선, 아네트 쪽으로 성큼 다가오려 했다.

"워워."

엘리엇이 팔을 뻗어 그를 막았다. 프란체 병사는 여전히 흉흉한 기색이었으나, 상관의 말을 거스를 수는 없었는지 그 자리에서 멈추었다.

엘리엇이 곤란한 듯 아네트를 내려다보았다.

"음, 로젠베르크 양. 저 저격수가 소속했던 부대가 우리 애들을 좀 많이 죽였거든. 쟤 친구도 폭탄에 얼굴이 터졌어. 그냥 분풀이라고 생각해."

"……분풀이, 라고요?"

"그리고 어차피 온전하게 보내 주긴 힘들어. 알잖아? 알아내야하는 것들도 있고."

"최소한의 인도적인 대우를 해 줘요!"

"로젠베르크 양. 당신이 꽤 바뀐 건 알겠는데, 말했지만 아직도 너무 순수하네."

엘리엇이 한숨처럼 말했다.

"아군을 살리고 싶은 거야, 사람을 살리고 싶은 거야? 전자라면 뭐 이해하지만, 후자라면……."

"……."

"나도 우리 사람들을 많이 살리려고 이러는 거야. 그러려면 파다니아 병사들을 많이 죽여야겠지. 전쟁이 뭐 그런 거 아니겠어."

아네트는 부들부들 떨며 엘리엇을 노려보았다. 분노와 좌절감과 무력감으로 가슴속이 뻣뻣하게 아팠다. 이대로라면 이 병사는 고문당하게 될 것이다. 최악의 경우, 이 병사뿐만 아니라 다른 이들까지 정보를 발설하게 '만들' 수도 있었다.

그녀는 아랫입술을 꽉 깨물며 예배당 내부를 둘러보았다. 모두 겁에 질린 채 숨을 죽이고 있었다. 이곳에 있는 사람들이라곤 민간인과 간호사, 그리고 부상병뿐이었다. 이 인력으로 대항이나 탈출 계획을 꾸리기란 불가능했다. 이곳에서 그녀는 그 어느 것도 할 수 없었다. 그게 현실이었다.

엘리엇은 빙그레 웃으며 짐짓 친절한 투로 말했다.

"당장 당신 손 하나 잘라다가 총사령관에게 보내지 않는 것에 안 도해 준다면 고맙겠어."

"……."

"그럼 이제 저쪽으로 가 봐. 걔는 두고."

엘리엇이 턱짓으로 병사를 가리키며 다가왔다. 아래에선 병사가 연신 끅끅거리는 신음을 흘렸다. 아네트는 차마 자리를 뜨지도, 그렇다고 제대로 된 반항을 하지도 못한 채 그저 무릎을 꿇고 있었다.

"나 참……."

엘리엇이 혀를 차며 한 걸음 다가왔다. 아네트의 몸이 움찔 떨렸다. 그가 한 걸음 더 내딛으려는 순간, 누군가 엘리엇을 불렀다. 엘리엇은 성가신 얼굴로 뒤를 돌아보았다. 교회 입구에 프란체 측 통신병이 숨을 약간 가쁘게 몰아쉬며 서 있었다.

"뭐야?"

엘리엇이 심드렁하게 물었다. 통신병은 그에게 거수경례한 후, 숨 쉴 틈도 없이 무언가를 보고했다.

"……남부…… 이동하라는 명령…… 내일 아침……."

보고가 이어질수록 엘리엇을 포함한 프란체 병사들의 기색이 심상찮게 변했다.

엘리엇은 인상을 잔뜩 구긴 채 보고를 전해 듣더니, 대충 대꾸한 후 손짓했다. 예배당 여기저기에 앉아 있던 프란체 병사들이 몇몇 일어났다. 그들은 심각한 분위기로 무언가를 논하기 시작했다. 통신병에게서 전달받은 보고에 관한 이야기인 듯했다.

아네트는 그들의 말을 알아듣기 위해 최대한 집중했다.

"더는 이곳에서…… 책임이 아닙니다."

"그럼 저 사람들은 어떻게……."

"이제는…… 아무 가치가 없는……."

그러나 그들의 목소리가 크지 않은 데다, 평온히 집중할 수 있는 상황도 아닌 터라 좀체 들리질 않았다.

문득 니콜로가 이쪽으로 고개를 돌렸다. 아네트와 그의 눈이 마주쳤다. 니콜로는 그녀를 가볍게 훑으며 입을 움직였다.

"시간이…… 그냥 새벽에…… 전부 처리……."

"각하, 헌팅엄 점거 병력에 남부 전선 기갑군단 배속 명령이 떨어졌다고 합니다!"

그날 저녁, 총사령부에 급한 보고가 전해졌다. 그들에게는 희소식이었다. 하이너는 당장 참모들을 소집했다.

"예상대로 적군은 체서 필드에 주력하기 위해 병력을 재배치할 겁니다. 우리는 강을 통해 증원군을 보내 헌팅엄을 탈환하고, 웨이트리스 지원군을 체서 필드로……."

프란체가 자행한 파다니아 본토 폭격은 언뜻 파다니아에 큰 피해를 준 것처럼 보였다. 폐허가 된 도시의 모습과 저하된 파다니아군의 사기 탓이었다. 따라서 프란체는 파다니아가 머지않아 항복을 할 것이라고 예상했다. 아무리 전선을 사수하더라도 본토를 지켜내지 않으면 소용이 없기 때문이다. 실제로 본토 공습 이후 파다니아 시민들은 실질적으로 위협을 느끼고 있었다.

그러나 그것은 프란체의 착각이었다.

프란체가 파다니아의 수도와 다른 시가지 지역을 공습하는 데 집중하는 사이, 파다니아는 거대한 반격을 준비하고 있었다. 본토 폭격이 이어지는 동안 공장과 군사 시설은 피해를 면했던 덕분이다. 파다니아는 빠른 속도로 대부분의 시설을 사용 가능 상태로 복구했다. 거기다 병력 재배치로 적군의 진격이 잠시 멈추었으니, 파다니아로서는 방어선을 구축할 천금 같은 시간을 얻은 셈이었다.

하이너의 머릿속에 구축되었던 계획들이 제법 순조롭게 진행되고 있었다. 전시에 함부로 속단해선 안 된다는 사실을 알면서도, 무의식중 그는 전쟁이 끝난 후까지 구상하고 있었다.

우선 아네트가 세웠던 공을 알릴 생각이었다. 간호사로서의 종군뿐만 아니라, 암호 해독에 결정적인 역할을 했던 것까지.

또 아네트에 대한 거짓 기사와 루머를 바로잡아야 했다. 그리고 나면 그녀도 한층 평온한 삶을 되찾게 될 테지…… 죽음 같은 것은 생각하지 않아도 되는.

그리고 그녀의 제대 후엔, 파다니아에서 가장 평화롭고 살기 좋은 곳에 집을 하나 구해 줄 계획이었다. 만일 그녀가 그로트 가와 함께 살길 원한다면 조금 더 큰 집으로 구해야겠지. 분할 받은 재산을 관리하기 힘들지도 모르니 따로 관리사를 붙여 주어야 할 것 같았다.

"이 만남이 정말로 우리의 마지막이 되길 바라요."

비록 그 모든 순간에 자신이 없더라도.

남은 평생을 아네트의 등 뒤에 서 있게 되더라도, 그냥 그렇게, 그녀가 살아가는 소식들을 전해 들으며……

이윽고 긴 회의가 막바지에 이르렀다. 책상 위에 놓인 거대한 지도는 온갖 표시와 숫자들로 가득해져 있었다. 지난하게 이어지던 논의들이 마침내 결론을 냈다. 하이너는 양손으로 책상을 짚으며 입을 열었다.

"이틀 후 새벽."

내로라하는 고위 장교들의 시선이 그에게로 향했다. 이어 총사령관의 입에서 최종 명령이 떨어졌다.

"헌팅엄 탈환전을 시작합니다."

모여서 한참을 논의하던 프란체 병사들이 이윽고 제각기 움직였다. 그들은 가타부타 말도 없이 포로들을 문에서 먼 구석으로 몰았다.

"이쪽으로, 이쪽으로!"

잔뜩 겁에 질린 사람들이 우르르 명령을 따랐다. 아네트는 다친 아군을 부축해서 자리를 옮겼다. 포로들이 몰려난 곳은 설교 단상 바로 옆이었다. 단상 옆에는 찬송 때 쓰는 낡은 피아노 한 대가 있었다.

아네트는 피아노 근처에 조심스레 병사를 눕혔다.

"으……"

병사가 나직한 신음을 흘렸다. 아네트는 습관적으로 괜찮을 거라고 말하려다, 꾹 입을 다물었다.

한곳에 모인 사람들이 불안하게 수군거리기 시작했다.

"왜 갑자기……."

"뭐가 어떻게 돌아가는 거예요?"

아네트는 챙겨 온 짐에서 의료 물품을 꺼내 묵묵히 아군을 처치하기 시작했다. 피를 닦아 낸 그의 얼굴은 처참한 몰골이었다.

"혹시…… 우리를 풀어 주려는 걸까요?"

누군가 조심스레 추측했다. 사람들은 선뜻 거기에 동조하지는 못했으나, 뭔가 바뀐 상황에 미약하게나마 희망을 품는 눈치였다.

소독하고 약을 바르는 아네트의 손이 희미하게 떨렸다. 그녀는 주먹을 쥐었다가 펴 보았으나 떨림은 좀체 멈추지 않았다.

아까 해석했던 그들의 말을 종합해 보건대, 프란체군은 내일 아침 전에 이곳을 처리하려는 것 같았다. 그리고 그 처리가 어떠한 종류인지는 길게 생각할 것도 없었다.

"……살겠다고."

아네트는 눈을 질끈 감았다.

"살겠다고, 했잖아."

죽는 것은 두려웠다. 사실 죽음이 두렵지 않은 적은 없었다. 목숨을 끊으려 했던 것도 죽음 자체가 두렵지 않아서가 아니었다. 단지 사는 것이 죽는 것보다 더욱 두려웠을 뿐.

하지만 이상하게도 이 순간 죽음에 대한 두려움보다, 그와의 약속을 지키지 못했다는 생각이 먼저 들었다. 이제 겨우 그의 과거를 조금이나마 마주하게 되었는데. 그가 마지막 숨처럼 내뱉었던, 그러나 아주 손쉽게 지나쳐 버린 말의 파편이나 리듬 같은 것들이…… 이제야 어렴풋이 잡히는데.

한번은 제대로 물었어야 했다.

한번은 제대로 들었어야 했다.

비단 자신이 디트리히 후작의 딸이기 때문이 아니었다. 지독하게 이어져 있는 그와의 악연 때문만이 아니었다. 단지 그의 오랜 연인으로서, 그리고 함께 살았던 부부로서. 한번은 제대로 이야기를 했어야만 했다.

그게 후회가 됐다.

해가 지평선 너머로 졌다.

프란체 병사들은 딱히 이렇다 할 행동을 보이지 않았다. 그저 포로들을 감시하며 바깥을 바쁘게 오갈 뿐이었다.

아네트는 엘리엇을 만나려고 했으나 그는 얼굴조차 보이지 않았다. 아이라도 이곳에서 빼내기 위해 기회를 엿보았지만, 무장한 군인들을 상대로 도저히 무언가를 할 수가 없었다.

'힘들어…….'

아네트는 정신적으로도 육체적으로도 완전히 지쳐 있었다. 찬

바닥에 오래 앉아 있었더니 몸도 뻐근했다.

자리에서 일어난 그녀가 긴 피아노 의자를 빼내 앉았다. 딱딱한 어깨를 주무르며 잠깐 숨을 돌리는데, 시야 바깥 부분에 선 작은 신발이 보였다. 아네트는 고개를 들었다. 아이가 머뭇거리며 서 있었다. 그녀는 부드럽게 미소 지으며 물었다.

"필요한 게 있니?"

아이가 고개를 내저었다. 그저 바닥에 시선을 떨군 채 가만히 서 있을 뿐이었다.

아네트는 아이가 원하는 것이 무엇인지 가늠할 수가 없었다. 잠시 고민하던 그녀가 두 팔을 뻗었다.

"이리 올래?"

아이가 순순히 다가와 안겼다. 아네트는 그제야 작은 몸이 사시나무처럼 떨리고 있다는 사실을 깨달았다.

"춥니?"

아이는 도리도리 고개를 저었다.

아네트가 아이를 안아 의자 위에 올렸다. 아이는 가만히 그녀의 품에 얼굴을 박은 채 안겨 있었다. 그러다 이내 심심했는지 이것저것 손장난을 치기 시작했다. 아네트의 간호복 단추나 머리카락을 만지작거리다가, 피아노 뚜껑을 열었다가 닫았다가 하기도 했다. 그 아이다운 모습을 보자— 가슴속에서 울컥 무언가가 치밀어 올랐다. 어른들의 야욕과 이기심에 이렇게나 작은 아이가 희생되어야 한다는 사실이 마음 아팠다. 이 애는 아무런 잘못이 없었다.

아무런 잘못이……

아이의 얼굴 위로 하이너의 모습이 겹쳐졌다. 훈련소에 있었을 당시, 그 또한 겨우 소년이었을 뿐이다. 그 사실이 새삼스럽게 다가왔다.

아이가 피아노 건반을 이것저것 눌러 보았다. 연결되지 않는 음들이 무작위로 소리를 냈다. 아네트는 그것을 잠시 바라보다가 물었다.

"피아노를 쳐 본 적이 있니?"

아이는 고개를 저었다. 아네트는 아이의 검지를 잡은 후, 함께 움직이기 시작했다. 아이의 검지에 건반이 눌렸다. 차례로 음이 이어지며 하나의 선율을 만들어 냈다. 어릴 적 그녀가 가장 좋아했던 곡 중 하나였다.

신기했는지 아이의 호흡이 약간 흐트러졌다. 그 솔직한 반응에 아네트는 소리 없이 웃었다. 그들은 얼마간 함께 피아노를 쳤다.

바깥에서 장갑 차량이 굴러가며 묵직한 소음을 만들어 냈다. 병사들의 군화가 도시를 짓밟는 소리도 전해졌다.

아네트는 아이의 작은 뒤통수를 바라보았다. 품 안에 안긴 몸은 작고 따뜻했다. 제게도 이런 시절이 있었다. 아주 작은 슬픔에도 무작정 위로받고 싶었던 시절들이 있었다.

아네트는 아이의 검지를 놓고, 양손을 피아노 위에 올렸다. 엄지 아래에 건반이 부드럽게 들어갔다. 그녀는 천천히 손을 움직이기 시작했다. 아주 기민한 짐승에게 목줄을 채우기 위해 다가가는 것처럼.

아버지가 총격에 사망할 당시, 아네트는 콩쿠르를 앞두고 피아노를 치고 있었다. 우승하기 위해. 스스로 한계를 넘기 위해.

그러나 이제 아네트는 콩쿠르를 위해 피아노를 치지 않았다. 이곳에는 잘 차려입은 관객도, 풍성한 꽃다발도, 눈부신 카메라 셔터도 없었다. 그럼에도 그녀는 건반을 눌렀다.

앞서 함께 쳤던 곡의 뒷부분이 그녀의 손끝에서 이어졌다. 아름답고 또 애절하게 들리는 선율이 꽃처럼 피어났다.

누군가를 위로하기 위해.

세상의 모든 아프고 외로운 것들을 위해서.

앉아 있던 사람들의 시선이 아네트에게 몰렸다. 그들은 약속이나 한 것처럼, 그 어떤 말도 하지 않은 채 숨을 죽였다. 포로들을 감시하던 병사들도, 바쁘게 오가던 이들도 하나둘 걸음을 멈추었다. 그들은 마치 산 자와 죽은 자의 경계선에서 초대장을 받은 듯한 얼굴로 그녀의 연주를 들었다.

아주 느리고, 조금 서툴게 시작되었던 연주는 천천히 속도를 더해 갔다.

먼 곳에서는 여전히 포탄이 터져 나갔다. 어디선가 다친 이가 기도했고, 아이가 울었다. 도시를 살라 먹고 남은 불티가 곳곳에서 타닥거렸다. 군번줄이 없는 이름 모를 시체는 눈도 감지 못한 채 전쟁의 잔해 위에 몸을 누이고 있었다. 그의 초점 없는 눈동자엔 비구름이 낀 하늘이 비쳤다.

팔랑, 검게 물든 시야 가운데로 노란 나비가 날아들었다. 시체 위를 맴돌던 나비는 방향을 틀어 도시 곳곳을 날았다.

아네트는 눈을 감았다. 손끝이 끊임없이 건반과 맞닿았다. 피와 신음이 가득한 폐허를 애처롭고 다정한 곡조가 어루만졌다. 오랜 공백에도 불구하고 그녀의 연주에는 빈틈이 거의 없었다. 아네트는 그저 호흡하는 것처럼 건반을 눌렀다.

절정으로 치달았던 연주는 이내 종막으로 흘러갔다. 음률이 서서히 잦아들었다. 마지막 음을 누른 그녀가 미끄러지듯 손을 뗐다.

사위는 고요했다.

아네트는 감고 있던 눈을 떴다. 몸이 가볍게 전율하고 있었다. 가슴속이 저릿저릿한 감각이었다.

넋 놓은 채 그녀의 손을 바라보고 있던 아이가 휙 고개를 돌렸다. 아네트를 보는 눈동자가 반짝거리고 있었다. 크고 축축한 눈은 빠르게 깜빡거렸고, 젖살이 다 빠지지 않은 뺨이 연신 실룩거렸다. 아네트는 아이의 감정을 고스란히 느낄 수 있었다.

그녀는 웃으며 아이의 이마에 제 이마를 맞대었다. 어린것 특유의 따스한 온기가 살갗 위로 전해졌다.

왜인지 목이 멨다.

밤이 깊어 갔다. 교회 안은 피로와 긴장감으로 가득 차 있었다. 몇몇은 완전히 곯아떨어진 채였다.

아네트는 벽에 기댄 채 눈만 감고 있었다. 불현듯 누군가 그녀의 어깨를 툭툭 쳤다. 그녀는 희미하게 눈을 떴다. 어두운 시야 사이로 낯익은 얼굴이 보였다. 고수머리의 병사. 니콜로였다.

아네트는 미간을 좁히며 의아하게 그를 바라보았다. 니콜로는 문 쪽을 엄지로 가리켰다. 따라 나오라는 뜻인 듯했다. 불길한 예감이 스멀거리며 등 뒤를 타고 기어올랐다. 아네트는 몸을 최대한 벽에 붙이며 고개를 저었다.

니콜로가 가소롭다는 듯 웃더니, 그녀의 팔을 붙잡아 끌었다. 당기는 힘에 상체가 강제로 일으켜졌다. 아네트는 버티려고 했으나 완력의 차이가 너무 컸다. 선잠을 자고 있던 다른 이들이 하나둘 깨어나 상황을 인지했다. 그러나 그 누구도 함부로 나설 생각은 하지 못했다. 그저 두렵고 걱정스러운 얼굴로 그녀를 바라볼 뿐이었다.

아네트는 힐끗 아래를 내려다보았다. 다행히 아이는 깊은 잠에 빠져 있었다. 아이에게 이런 상황을 보여 줄 수는 없었다. 니콜로가 그녀를 확 잡아당겼다. 아네트는 튀어나오려는 비명을 억지로 삼켜 냈다. 머릿속이 공포로 하얗게 질렸다.

그 순간, 누군가 니콜로의 어깨를 붙들었다. 포로들을 감시하던 다른 병사였다. 그가 약간 인상을 쓴 채 말했다.

"이봐, 그만해."

아네트는 눈을 크게 뜬 채 병사를 올려다보았다. 포로들을 감시하느라 내내 이곳에 있던 이였다.

니콜로가 그의 손을 쳐 내며 짜증스레 말했다.

"뭐야? 갑자기."

"아침이면…… 소란을……."

"그전에 빠르게……."

둘은 한참을 옥신각신했다. 다른 병사가 끼어들어 함께 니콜로를 제지하고 나서야, 니콜로는 침을 탁 뱉고선 교회를 나가 버렸다. 병사가 약간 심란한 듯 아네트를 보더니 짧게 한숨을 내쉬었다. 뒤늦게 니콜로를 말린 병사도 고개를 절레절레 내저으며 제자리로 돌아갔다.

멍하니 있던 아네트가 곧장 정신을 차리고선 그를 붙잡았다.

"아이를—"

아네트의 입술이 멈칫했다. 프란체어를 배운 지 너무 오래되기도 했거니와, 말하기에는 익숙하지 않은 탓이었다.

"아이만."

그녀는 잠든 아이와 문을 차례로 가리켰다. 뜻이 전달되었는지, 병사가 난감한 표정을 했다.

"미안하지만, 나는…… 수가 없어요…… 엘리엇…… 말해 야……."

그는 손을 저으며 제법 길게 설명했다. 대충 자신에겐 권한이 없 다는 뜻인 듯했다. 그러나 아네트는 포기하지 않고 매달렸다.

"제발요. 어려요."

"미안해요."

병사는 억지로 아네트를 떼어 냈다. 아네트가 망연자실한 얼굴 로 비틀거리다 주저앉았다. 정말로, 정말로 방법이 없는 건가.

"그냥 포기해."

그 순간 옆쪽에서 갈라진 목소리가 들려왔다. 아네트는 휙 고개 를 돌렸다. 아까 치료해 주었던 아군 저격수였다. 그는 다 터진 얼 굴로 벽에 기댄 채, 느릿느릿 말했다.

"어차피…… 우린 다 죽을 거야. 저 새끼들, 우리 살릴 생각 없어."

아네트도 어렴풋이 짐작하고 있던 사실이다. 하지만 차마 사람 들에게 말할 수가 없어 입 밖으로 꺼내지 않던 것이기도 했다. 아 네트가 무어라 대꾸하기도 전, 사람들이 술렁이기 시작했다.

"뭐……? 살릴 생각이 없다고?"

"그게 무슨 말이에요? 저놈들이 우리를 죽인다는 거예요?"

"그, 그, 그럼 어떡해?"

"거기 조용히 해!"

프란체 병사가 고함쳤지만, 사람들은 이미 죽음의 공포에 사로 잡힌 상태였다. 소란에 아이가 눈을 비비며 깨어났다. 아직 잠이 덜 깬 얼굴이 멍하니 주위를 둘러보았다.

"다, 당장 나가야 해!"

"그렇게 움직이면……!"

"뭐 하는…… 앉아!"

벌떡 일어난 한 남자가 정신없이 입구 쪽으로 달려 나가기 시작했다. 소총을 든 프란체 병사가 그를 막아섰다.

"당장 돌아가!"

"나, 나가게 해 주시오, 제발."

"돌아가 앉으라고!"

"다 죽일 거잖아, 젠장! 비켜……!"

남자는 눈에 뵈는 게 없는 사람처럼 프란체 병사를 마구 밀쳤다. 소란에 다른 병사들이 하나둘 몰려들었다. 얼마간 실랑이가 이어졌다.

탕!

총성이 예배당 안을 울렸다.

찰나 시간이 멈춘 듯했다. 아주 작은 숨소리조차 들리지 않았다.

얼마간 정지된 채 서 있던 남자의 몸이 스르륵 내려앉았다. 곧 그는 차가운 바닥 위로 털썩 쓰러졌다. 어디선가 히익 하는 소리가 났다. 쓰러진 남자의 몸 아래에서 핏물이 흘러나왔다. 아네트는 황급히 아이의 눈을 가려 이 장면을 보지 못하게 했다.

"이 남자가…… 갑자기……."

"……어차피…… 상관이 없어."

남자를 쏜 프란체 병사는 머리를 벅벅 긁더니, 건물을 나가 버렸다. 다른 병사들도 하나둘 몸을 돌려 제자리로 돌아갔다.

예배당 안에는 텅 빈 적막만이 감돌았다.

아네트와 함께 왔던 간호사가 덜덜 떨며 다가가 남자의 맥박을 확인했다. 그녀는 뒤를 돌아보더니, 천천히 고개를 저었다.

동이 트기 전, 우려했던 일이 시작되었다.

내내 일정하던 프란체 병사들의 동선이 달라졌다. 바깥에선 군용 차량이 평소보다 더 많이 오가는 느낌이 들었다. 포로의 감시를 맡은 이들도 하나둘 교회 건물을 빠져나가고 있었다. 사람들은 의아함 반과 두려움 반의 심정으로 그들을 지켜보았다.

마지막으로 예배당 안에 남았던 병사 두 명이 총구를 포로들에게 들이댔다. 모두 숨을 들이켜며 몸을 웅크렸다. 그러나 그들은 방아쇠를 당기지 않고, 그대로 뒷걸음질 쳐 물러났다. 그 직전에, 그중 한 병사와 아네트의 눈이 마주쳤다.

제법 앳되어 보이는 병사는 제가 되레 겁에 질린 듯한 낯을 하고 있었다. 그들이 건물 밖으로 마지막 걸음을 내디뎠다.

쿵.

예배당의 문이 닫혔다. 얼마간 바깥에서 덜컹거리는 소리가 나더니, 이윽고 완전히 고요해졌다.

"어……?"

"뭐, 뭐지?"

사람들이 웅성거렸다. 그러나 한참을 기다려도 프란체 병사들은 다시 들어오지 않았다.

누군가 조심스럽게 자리에서 일어나 문 쪽으로 다가갔다. 그가 문고리를 돌려 당겼다. 그러나 덜컹, 소리만 날 뿐 문은 열리지 않았다.

덜컹.

덜컹.

그가 몇 번 더 문을 당겨 보았으나 헛수고였다. 잠깐의 정적 후, 떨리는 목소리가 흘러나왔다.

"이거…… 잠겼나……?"

"잠겼다고요?"

"문을 잠근 거예요? 저놈들이?"

"그, 그게 대체 무슨 소리야?"

한구석에 모여 앉아 있던 사람들이 하나둘 일어났다. 몇몇이 더 문을 열려고 시도했지만 전부 실패했다.

바깥은 여전히 고요했다.

이상함을 감지한 아네트의 동공이 흔들렸다. 그녀는 입구와 벽, 그리고 천장을 차례로 훑어보았다.

"이상한 냄새가…….."

아네트가 천천히 입을 열었다.

"이상한 냄새가 나요."

사람들이 한꺼번에 그녀를 돌아보았다. 아네트는 차마 말을 더 잇지 못하고 입술만 달싹거렸다. 그녀의 입 모양이 소리 없이 말했다.

타는 냄새가…….

짧은 순간, 죽음 같은 침묵이 흘렀다.

그 냄새는 점점 짙어지고 있었다. 그제야 사람들도 이를 인지했는지 면면들에 경악이 들어찼다.

누군가 아연하게 중얼거렸다.

"이런, 미친……."

프란체 병사들은 이곳을 불태우려 하고 있었다.

포로들과 함께.

아네트가 벌떡 자리에서 일어났다. 옆에 노인과 함께 앉아 있던 아이는 불안한 얼굴로 그녀를 올려다보았다.

아네트는 뛰어들듯 문으로 달려갔다. 그러고선 두 주먹으로 미친 듯이 문을 두드리며 외쳤다.

"이 문 열어요!"

아직 바깥에 있을 프란체 병사들을 향해, 그녀가 간절히 부르짖었다.

"문 열어! 아니면 아이만이라도 내보내 줘요! 내 말 안 들려? 아이만! 제발!"

쾅쾅!

"엘리엇 시도우! 시도우 대위! 제발 열어 줘!"

쾅쾅쾅!

"이게 인간이 할 짓이야! 당장 이 문 열어!"

쾅쾅쾅쾅쾅!

"당신들 다 미쳤어!"

아네트는 계속해서 문을 두드렸다. 그러나 밖에선 그 어떤 대답도 들려오지 않았다. 쾅. 잔뜩 붉어진 주먹이 마지막으로 문을 내리친 후 힘없이 늘어졌다. 그녀는 머리를 문에 댄 채 흐느꼈다.

"당신들 다 미쳤어……."

교회 문이 연신 덜컹거렸다. 안에서는 포로들이 울부짖는 목소리와 온갖 아우성이 흘러나오고 있었다.

불길은 끄트머리부터 건물을 조금씩 좀먹어 갔다. 타들어 가는 소리가 전장의 소음과 함께 맞물렸다.

"이게…… 맞습니까?"

프란체 병사가 비틀거리며 나무에 기대더니, 그대로 주르륵 미끄러졌다. 마지막으로 아네트와 눈이 마주쳤던 젊은 병사였다.

"이게, 이게 맞는지 저는…… 저는 도무지……. 안에 아이가 있고……."

병사는 괴로운 듯 머리를 헤집었다. 그의 어깨가 찬물을 맞은 것처럼 덜덜 떨리고 있었다.

"군인이 아닌 사람들도…… 아니 설령 군인이라 해도……."

"막스, 정신 차려."

그의 상관이 툭 내뱉었다. 젊은 병사는 눈물이 가득 고인 눈으로 제 상관을 올려다보았다.

"어쩔 수 없는 일이다. 네 동료들이 얼마나 죽었는지 잊었나? 저들 중 분명 가담자가 있고, 그게 아니더라도 우리가 했던 짓들을 본 이들이 너무 많아. 일일이 솎아 낼 시간도 없다."

"하, 하지만……."

"일어나서 움직여. 어서 이동해야 한다."

젊은 병사는 가쁘게 숨을 몰아쉬며 힘겨운 신음을 내뱉었다. 눈을 감아도 잔상이 사라지질 않았다. 아까 여자가 쳤던 피아노 선율이, 타닥거리며 타오르는 불길 소리와 섞여 들려오는 듯한 착각이 들었다.

그 아름답던 선율이…….

병사의 숙인 고개 아래에서 윽, 윽, 하고 억눌린 울음이 새어 나왔다. 그는 거칠게 눈물을 훔친 후, 총으로 땅을 짚고 비척비척 일어섰다. 그러나 이내 병사는 다시 주저앉고 말았다. 그가 한 손으로 얼굴을 감싸 쥐며 괴로운 소리를 냈다.

도시의 저 끝에서부터 긴 바람이 불어왔다.

엘리엇은 불길에 잠식되기 시작하는 교회 건물을 바라보며 시가를 피우고 있었다. 짐을 옮기던 병사가 그에게 물었다.

"대위님, 안 가십니까?"

"먼저 가 있어. 난 정리하고 마지막에 가지."

"아, 예. 알겠습니다."

엘리엇은 뺨이 홀쭉해질 때까지 연기를 빨아들였다가 내뱉었다. 몇 번 그것을 반복하던 그가 미간을 슬쩍 좁혔다.

그는 다 피우지도 않은 시가를 내버리며 중얼거렸다.

"……맛이 없네."

다음 날 새벽, 허슨 강을 통해 증원군이 헌팅엄에 도착했다. 목표는 도시 탈환이었다.

내부 방어선에서 저항하고 있던 파다니아 군과 강을 통해 외곽으로 들어온 증원군으로 인해, 적군은 앞뒤로 갇힌 꼴이 되었다.

프란체의 장기 중 하나는 뛰어난 기동력이었다. 그러나 건물 하나하나가 참호나 다름없는 도시에서 그것은 제대로 발휘되지 못했다.

연합군은 도시 구조와 무너진 건물의 잔해를 이용하여 육탄전을 이어 나갔다. 그들은 단 이틀 만에 점거 지역의 3분의 1을 되찾았다.

도시에서는 종일 폭격과 총성이 이어졌다. 파다니아는 민간인 피해를 최소화하기 위해, 탈환하는 족족 대피령과 인명 구조에 나섰다. 탈환 작전이 성공적으로 진행되고 있었다. 전선이 다시 이동함에 따라, 총 지휘부 막사 역시 중부 전선 근처로 옮겨졌다.

그사이 총사령관 막사에 소식이 하나 전해졌다.

"……명단에, 없다고?"

헌팅엄 야전 병원에서 대피 행렬에 동참했다고 보고되었던, 아네트 로젠베르크의 행방에 대한 소식이었다.

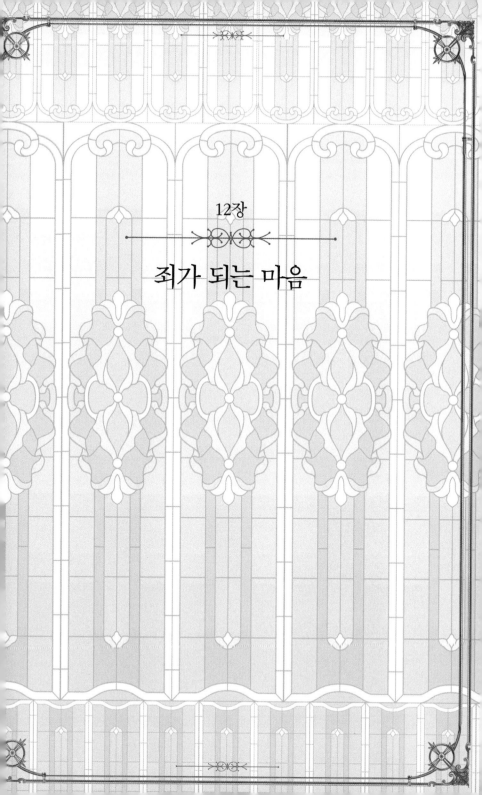

12장

죄가 되는 마음

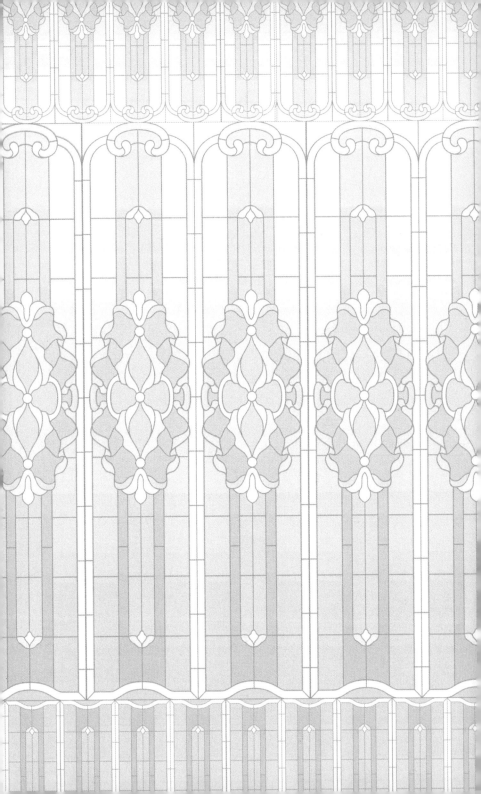

"그게 대체 무슨 소린가? 분명 대피 행렬에 있었는데!"

아네트 로젠베르크가 최종 명단에 없다, 이 단순한 보고에도 하이너의 감정은 눈에 띄게 격해졌다.

총사령관은 패배 소식을 듣더라도 동요하지 않는 인물이었다. 곧장 새롭게 대비하여 다음 판을 짤 뿐. 그런 최고 상관의 전에 없이 격렬한 반응에, 보좌관은 저도 모르게 당황하며 대답했다.

"그, 그래서, 그러지 않아도 저도 알아봤는데…… 중간에 대피 행렬에서 빠지신 듯합니다."

"……빠져? 어디로?"

"그…… 대피하는 중간에 점령 지역에 낙오된 아군과 민간인을 구출하는 작전이 있었다고 합니다. 아무래도 거기 합류하신 것 같습니다. 그런데."

보좌관이 잠시 뒷말을 망설였다. 명단에 없다는 것만으로도 저런 반응인데, 이 말을 전했다가는…….

그러나 보고하지 않을 수도 없는 노릇이었다. 보좌관은 마른 입술을 축이며 말을 이어 나갔다.

"그런데 해당 작전이 실패해서 연락이 끊겼고, 적군이 떠나기 전 급하게 그들을 처리했다고―."

쿵!

요란한 소리에 보좌관이 어깨를 들썩였다. 총사령관이 벌떡 자리에서 일어난 탓에 의자가 뒤로 넘어가 있었다.

"적군이……."

총사령관은 파다니아의 패망 소식이라도 들은 듯한 얼굴이었다. 아니, 패망 소식을 들었대도 저보단 덜할 것 같았다.

"적군이, 뭘, 해……?"

그의 목소리는 끔찍하게 떨리고 있었다.

총사령관을 태운 군용 차량이 덜컹거리며 도시를 가로질러 나아갔다. 적군을 추격이라도 하는 것처럼 빠른 속도였다.

"생존자 증언에 따르면, 프란체 군이 포로들을 교회에 가둬 두고 함께 불태우려 했다고 합니다. 다행히 갑자기 문이 열려서 뒤늦게 탈출했지만…… 안에 부상자들이 있었던 모양입니다."

목 끝까지 채운 단추가 참을 수 없이 답답하게 느껴졌다. 숨통이 꽉 틀어막힌 기분이었다. 그는 단추를 풀려고 했으나 헛손질만 했다.

"연기도 많이 마신 데다 부상 때문에 움직일 수 없는 이들이 많아, 로젠베르크 양이 끝까지 그들의 탈출을 도왔다고 합니다. 그런데 중간에 건물이 무너져서…… 빠져나오지 못했다고…….”

하이너는 후들거리는 손으로 몇 번이고 다시 단추를 풀려고 시도했지만 실패했다. 그는 가슴과 목 부근을 쥐어뜯듯 잡으며 낮게 기침했다.

"비가 약간 내렸던 데다 생존자들이 불을 끄려고 노력해서 화재는 진압되었지만, 상황상 구조는 하지 못했다고 합니다. 이제라도 시도하려고는 하는데…… 이미 사흘이 지난 터라…….”

몇 번 이어지던 기침은 이내 흐느낌 같은 신음으로 변했다.

"아무래도 사망하셨다고 봐야 할 것 같습니다…….”

하이너는 헐떡거리며 꽉 막힌 신음을 토해 냈다. 머릿속이 웅웅거리는 소음으로 가득 찼다. 그는 견딜 수 없는 추위를 느끼는 사람처럼 상체를 잔뜩 웅크렸다.
이렇게 된 것이 다 제 책임인 것만 같았다.
아니, 전부 제 책임이었다.
그 여자의 삶을 망친 것으로도 모자라 중부 전선으로 이동 명령을 내렸다. 전선이 밀릴 줄 몰랐다는 낯 샅은 건 전부 무의미했디. 가슴을 칼로 저미는 것 같은 고통이 느껴졌다. 조금만 몸에 힘을 풀면 울컥하고 피를 토할 것만 같았다.

"제발……."

하이너는 두 손을 더듬더듬 맞잡아 이마에 댔다. 그리고 단 한 번도 믿은 적 없던 신에게 간절히 기도했다.

"제발 내게서……."

내게서 그녀를 앗아 가지 마십시오.

내게서 모든 것을 앗아 가지 말아 주십시오.

그 여자 하나만은 내게 남겨 주십시오.

지금껏 당신께선 내게서 모든 것을 앗아 갔으니…… 제발 그 여자 하나만은…….

두서없는 기도가 쏟아졌다. 그를 둘러싼 모든 것이 시시각각 허물어지고 있었다. 하이너는 온몸이 파훼되는 감각 속에서, 기도하고 또 기도했다.

억겁 같은 시간 끝에 차량이 멈추어 섰다. 하이너는 곧바로 차에서 내렸다. 완전히 폐허가 된 도시의 정경이 눈에 들어왔다.

구출 작전이 시행되었다는 교회는 일찍이 탈환한 지역에 위치해 있었다. 이후로 투입된 보병들이 이미 잔존 세력을 거의 제거하고 난 후였다. 그러나 여전히 백 퍼센트 안전을 확신할 수 없었다. 어디에 저격수가 숨어 있을지 모르는 일이었다.

운전석에서 급히 뒤따라 내린 수하가 난감한 듯 말했다.

"각하, 아직 정확한 위치 파악이 되질 않아서, 위험하니 우선 차에 들어가 계시는 게……."

하이너는 잠시 멍하니 수하의 얼굴을 바라보다가, 고개를 돌렸다. 그러고선 반쯤 미친 사람처럼 정처 없이 걸음을 옮기기 시작했다.

그는 건물 잔해에서 교회의 형상을 찾아 두리번거렸다.

그러나 치열했던 전투를 증명하듯, 대부분의 건물은 처참히 무너져 있었다. 본래 어떤 건물이었는지조차 알 수 없을 정도였다. 하이너는 그 잔해 속을 비척비척 걸으며, 격전지의 흔적들을 더듬었다.

여기저기 아직 수습되지 못한 시체들이 널브러진 채였다. 그들 군복의 표면은 검거나 희게 변해 있었다. 포탄이 수없이 떨어져 하얗게 변한 정경은 마치 백골 같았다. 그는 문득 멈추어 서서 먼 시야를 바라보았다. 선 곳으로부터 지평선까지, 모든 게 전부 잿더미였다.

멀리서 바람이 불어올 때마다 재가 흩날렸다.

하이너는 우는 듯 웃는 듯 작게 신음했다. 평생 걸어온 폐허의 끝은 또다시 결국 폐허였다.

어째서 삶이 이러한가.

어째서 내가 걷는 모든 길이 이러한가.

어째서 나는 그 여자마저 이곳으로 끌어들였나.

아네트는 이런 끔찍한 곳에 어울리지 않는 여자였다. 그녀는 향기로운 꽃과 번쩍이는 보석으로 가득한 아름다운 세상에서만 살아온 사람이었다.

'아니……'

그 여자가 살던 세상이 정말 전부 아름다웠던가.

정말로 그랬던가.

삶의 가장 나락에서조차, 그녀는 여전히 고귀하고 눈부시지 않았나.

바닥 없이 추락했을 때도, 모든 이에게 버림받았을 때도, 죽음을 생각할 때도, 피와 신음으로 가득한 전쟁터 한가운데서 낡은 간호복을 입고 피로에 짓눌려 있을 때도. 그녀는 여전히 고귀하고 눈부시지 않았나.

뒤통수를 맞은 듯했다. 하이너는 잔해들을 아득하게 응시하다, 천천히 고개를 떨구었다.

그녀가 있던 세상이 그녀를 고귀하고 아름답게 만든 게 아니었다. 그저 그녀가 있기에, 그녀가 존재함으로 인해서—.

가슴속에서 뜨거운 것이 왈칵 치밀어 올랐다. 아주 원초적이고 미개한 무언가였다. 하이너는 덜덜 떨리는 손으로 얼굴을 감싸 쥐었다.

아네트.

아네트.

아네트.

당신이 웃으면 온 세상에 꽃이 피어나는 것 같았는데…….

불현듯 노란 나비가 그의 곁을 스쳐 지나갔다. 하이너는 시선을 들어 그것을 바라보았다. 색이 선명한 노란 나비는 이 폐허와는 어울리지 않았다. 잠시 한곳을 맴돌던 나비가 그의 뒤쪽으로 팔랑팔랑 날아갔다. 그 방향의 끝에서 수하 한 명이 달려오고 있었다.

"각하!"

하이너는 정신을 놓은 것처럼 멀거니 그 장면을 응시했다. 모든 것이 막막한 환영처럼 느껴졌다.

"……가……."

수하의 입이 무어라 움직였다. 그러나 세상에서 소리가 사라진 것처럼 잘 들리지 않았다.

"생존자…… 입수……."

하이너는 눈을 몇 번 깜빡였다. 정신이 약간 드는 듯했다.

"위치 찾았습니다!"

그 순간, 어둡던 회색 눈동자에 빛이 돌아왔다. 그의 눈이 서서히 커졌다. 하이너가 발을 뗐다.

한 발자국, 두 발자국, 비틀거리는 걸음이 계속되었다. 걸음은 조금씩 빨라졌다. 검은 군화 밑에서 흙과 재가 뒤섞인 먼지가 얕게 일었다.

그는 폐허를 달리기 시작했다. 주변의 정경이 빠르게 지나갔다. 모든 게 정지된 것처럼 고요하게 느껴졌다. 제 숨소리만이 선명한 세상에서, 그는 달리고 또 달렸다.

시야 끝자락에 군인과 민간인이 섞여 있는 무리가 보였다. 병사들이 서둘러 그에게 다가와 거수경례했다.

"총사령관 각하를 뵙습니다!"

"구조, 구조 작업은……?"

하이너는 거친 숨을 몰아쉬며 다급히 물었다. 총사령관의 심상찮은 기색을 알아챈 병사가 약간 조심스럽게 답했다.

"이제 막 시작했습니다. 오늘 아침에야 잔존 병력 제거가 끝난 터라……."

"생존자들 증언에 따르면 교회 안쪽일 거라고 합니다. 입구 쪽에선 보지 못했다고—."

하이너는 병사의 말을 끝까지 듣지도 않고 몸을 돌렸다. 무너진 건물 뒤편으로 달려간 그가 맨손으로 잔해를 파헤치기 시작했다. 손바닥이 쓸리고 상처가 나는 것도 아랑곳하지 않았다. 그는 아무런 감각도 느끼지 못하는 것처럼 정신없이 작업에만 집중했다. 이를 본 병사들이 당황하며 멈칫거렸다. 차마 말릴 엄두조차 나지 않았다. 총사령관은 마치 반쯤 정신을 놓은 사람 같았다.

곧 구조 작업이 본격적으로 시작되었다. 투입된 병사들은 물론, 소식을 들은 근처 민간인들까지 작게나마 손을 보탰다.

작업 중 시체 세 구가 발견되었다. 하이너는 꺼져 가는 희망을 붙잡으며 계속해서 작업을 이어 나갔다. 머리는 이미 소용없다고 외치고 있는데도, 몸은 쉼 없이 움직였다. 도저히 포기할 수가 없었다.

그는 다시 한번 간절히 기도했다.

신이시여, 당신이 정말로 존재한다면, 부디 내 목숨을 가져가고 그 여자를 구원해 주십시오.

모든 죽음과 고통과 죄악으로부터…….

작업은 몇 시간을 내리 계속되었다. 모두가 조금씩 지쳐 가고 있었다. 지금까지 발견한 이들이 모두 사망했다는 사실 또한 한몫했다.

하이너는 이를 악문 채 나무 기둥을 들어 올렸다. 먼지와 재가 풀썩 일었다. 온통 재와 먼지로 뒤덮여 더러워진 그의 손은 군데군데 상처가 가득했다.

어디서부터, 이렇게 된 걸까.

문득 아득한 질문이 따라붙었다.

왜 이렇게 되어 버린 걸까.

끝이 갈라진 나무판을 들어내자, 잔해 사이로 부서진 피아노가 보였다. 이 폐허 속에서도 건반은 희고 깨끗해 보였다. 하이너는 혹시나 하는 마음에 그곳을 헤쳐 보았다.

내가 어떻게 해야 했을까.

그러나 아무리 잔해를 들어내도, 그가 간절히 찾는 여자는 보이지 않았다. 순간적으로 하이너는 이 피아노를 부수어 버리고 싶은 파괴적인 충동을 느꼈다.

무엇이 당신을, 나를, 이 모든 것을 망쳐 버렸나.

이 질문에 과거 하이너는 이렇게 대답했었다. 세상의 잘못이라고. 부패한 왕정의 잘못이고 악독한 디트리히 후작의 잘못이고 낮은 것들에게 무관심하던 대중의 잘못이라고. 그의 머릿속에서 기형적으로 조립된, 그저 한없이 아름답고 무구하던 그 여자의 잘못이라고.

그러나 이 거대한 폐허 앞에서— 그런 것들은 모두 무가치해졌다.

손등 위로 물이 뚝 떨어졌다. 이마에서 흘러내린 땀방울이 부서진 회색 석조에 동그란 자국을 남겼다. 하이너는 그 석조를 들어 내던졌다.

생각했었다. 다짐했었다.

내가 있는 이 나락으로 그 여자를 망가뜨리고 끌어내리겠다고. 그 누구도 그 여자를 원하지 않게 되도록 만들겠다고.

나조차도.

나조차도 당신을 사랑하지 않게 되도록.

흐느낌을 닮은 헛웃음이 튀어나왔다. 하이너는 눈가로 흘러내린 땀방울을 거칠게 훔쳐냈다. 왜 잊고 있었던가. 어째서 간과했던가.

제가 있는 곳이 얼마나 끔찍한 나락인지를.

이곳을 벗어날 수 있는 길은 죽음뿐이라는 것을…….

땀방울은 이마와 눈가를 타고 계속해서 떨어졌다. 이젠 이것이 땀인지 눈물인지도 헷갈렸다. 그의 젖은 이마 위로 핏줄이 굵게 불거졌다.

"아네트……."

이제는, 이제는 됐다.

그 여자의 잘잘못을 따지는 일은 이제 그만하고 싶었다.

해결되지 않은 감정은 그저 해결되지 않은 채로 두었어야 했다. 그게 옳았던 거였다. 기어코 여기까지 끌고 기어와 이 꼴을 만들었다. 기어코 그 여자를 이렇게 만들었다.

하이너는 튀어나오려는 비명을 간신히 삼켜냈다. 뜨거운 날붙이에 가슴이 지져지는 것 같았다. 그는 무너지듯 생각했다.

나는 태어나지 말았어야 했을까…….

그때, 잔해 깊은 곳 사이로 회색 군복이 보였다.

하이너의 손이 멈칫했다. 주변에서 작업을 진행하던 병사 한 명을 부른 그가 함께 그곳을 파헤치기 시작했다. 피아노 아래의 틈에 낀 잔해들을 제거하고 나자, 회색 군복과 함께 하얀 옷자락이 드러났다.

"어?"

함께 작업하던 병사가 고개를 들고 외쳤다.

"여기 두 명 발견했습니다!"

그 하얀 옷자락을 본 하이너의 눈이 크게 뜨였다.

"여자 하나와 남자 하나…… 간호사와 병사입니다!"

구출 작전에 합류했던 간호사는 아네트를 포함해 총 두 명이었다. 그리고 다른 간호사는 무사히 생존했다.

그러니 저 간호사는…….

내내 바라 온 소식임에도 일순간 심장이 쿵 내려앉았다. 잔해 사이로 얼핏 보이는 더러운 간호사복이 아프도록 눈에 박혀 들었다. 하이너는 입술을 덜덜 떨며 그곳을 정신없이 파헤치기 시작했다. 간호사복을 입은 여자는 미동조차 없었다.

아네트, 제발, 아니야, 제발, 이럴 수는 없어, 내게 이럴 수는 없어, 아네트, 아네트, 제발, 내게 이러지 마, 아니야, 아니야, 아니야.

그는 제가 무어라 말하는지 인지조차 하지 못한 채 마구 중얼거렸다. 그러나 그 말들은 차마 소리를 입지 못하고 입 안에서만 맴돌았다.

"피아노 아래쪽 공간에 갇혀 있던 것 같다! 희망이 있어!"

"하나둘 하면 여기 들어 올려! 하나, 둘!"

하이너를 포함한 이들이 건물 잔해를 들어 올렸다. 작업이 진행될수록 몸체가 조금씩 드러나기 시작했다. 이윽고 창백한 옆얼굴이 보였다. 그녀는 죽은 듯 눈을 감고 있었다. 하이너는 제 호흡이 극심하게 가빠 오는 것을 느꼈다.

잔해에 파묻힌 여자는 더러운 헝겊 인형처럼 보였다. 아무런 생명력이 없는.

아네트보다 위에 있던 병사가 먼저 들어 올려졌다. 그의 얼굴은 완전히 엉망이었는데, 화재나 붕괴로 인한 상처라기보다는 누군가에게 심하게 맞은 듯했다. 이어서 바로 아네트를 구조하기 위한 작업이 시작됐다. 아래쪽을 살핀 병사가 지시했다.

"이곳을 치워야 할 것 같습니다!"

건물 잔해의 일부가 아네트의 왼팔을 짓누르고 있었다. 하이너는 목조 벽을 들어 올려 바깥쪽으로 치운 후, 한 무더기의 잔해를 내던졌다.

"여기 잡아 주세요! 들어 올립니다!"

이윽고 아네트가 잔해 밖으로 꺼내졌다. 그녀의 얼굴과 몸에는 자잘한 생채기들이 수도 없이 나 있었다. 빠르게 둘의 상태를 살핀 병사가 고개를 들며 말했다.

"살아 있습니다! 둘 다 살아 있습니다!"

그 말을 듣는 순간 온몸에서 힘이 빠져나갔다. 하이너는 잠시 비틀거렸다가, 안간힘으로 버티고 섰다.

그가 다 갈라진 목소리로 외쳤다.

"군의관! 군의관! 여기 생존자가 있다!"

'생존자'라는 말을 입 밖으로 내는 순간, 가슴속이 빠듯하게 차올랐다. 온몸이 뜨거워지는 듯한 감각이었다.

하이너는 깨지기 쉬운 유리판을 만지듯, 아주 조심스럽게 그녀의 머리칼을 매만졌다. 잔해를 치우느라 찢어지고 긁힌 손이 안도와 감격으로 덜덜 떨리고 있었다.

서둘러 달려온 군의관이 그들을 급히 처치했다. 사람들이 웅성거리며 몰려들었다. 아네트의 상태를 살피던 군의관이 잠시 멈칫했다.

"아, 손이……."

잔해에 깔렸던 아네트의 왼팔을 확인한 그가 낮게 탄식했다. 그녀의 왼손은 한눈에 봐도 상태가 심각해 보였다.

"들것 가져와! 근처 병원으로 바로 이송해!"

빠르게 들것에 실린 아네트와 병사가 이송 차량을 향해 옮겨졌다. 하이너는 아네트가 실린 들것을 따라 함께 달렸다. 들것의 흔들림마저도 그녀를 아프게 할 것만 같았다. 병원까지 이송하는 도중 일어날 수 있는, 온갖 질 나쁜 걱정들이 그의 사고를 잠식했다.

이송 차량이 서너 걸음 앞에 있었다. 그는 처음부터 끝까지 아네트의 창백한 얼굴에서 눈을 떼지 못했다.

그 순간, 시야가 미끄러졌다.

동시에 옆구리에서 타는 듯한 작열감이 느껴졌다.

하이너는 컥, 하고 숨을 뱉으며 앞으로 휘청였다. 반사적으로 옆구리에 손을 짚었다. 손바닥에 피가 흥건히 묻어 나왔다.

총상이었다.

"각하!"

"저격수다!"

"위치 파악하고 각하를 보호해!"

회색 군복이 피로 척척하게 젖어 갔다. 하이너는 흐릿한 눈을 들어 다시 아네트를 바라보았다.

"9시 방향! 종탑 위쪽이야!"

"각하, 차 안으로 들어가십시오!"

"젠장, 아직 잔존 병력이……."

모든 소음이 멀게 들렸다. 그녀의 아름답고 숭고한 얼굴만이 망막에 찍힌 듯 선연했다. 하이너는 천천히 눈을 내리감았다가 떴다. 그의 입술이 작게 달싹였다.

신이시여, 당신이 정말로 존재한다면, 부디 내 목숨을 가져가고…….

이 여자를…….

아…….

생각이 더뎌졌다. 병사들이 그를 이송차 안으로 밀어 넣었다. 바깥에서 고함과 총성이 들렸다. 쿨럭. 입에서 피가 토해졌다.

뒤따라 들것 두 개가 들어왔다. 하이너는 의자에 기댄 채, 끝까지 그 들것 위에서 시선을 떼지 않았다. 군의관이 황급히 그의 총상 부위를 지혈했다. 하이너는 힘이 다 빠진 손으로 군의관을 밀어내려고 했다.

"아니, 그만……."

하이너의 입에서 또다시 피가 토해졌다. 그는 군의관에게 제 치료는 그만하고 아네트나 살피라고 말하려 했지만, 다 쉰 숨소리만이 흘러나올 뿐이었다.

이윽고 차량이 출발했다. 감전된 듯한 감각이 배를 잠식했다. 눈앞이 삼빡거리며 점멸하기 시작했다. 그가 파르르 눈꺼풀을 떨었다.

"각하, 의식을 잃으시면 안 됩니다!"

하이너는 신음을 내뱉으며 얼굴을 찡그렸다가, 다시 아네트를 바라보았다. 차량의 덜컹거림을 따라 그녀의 몸이 흔들렸다.

'저렇게 흔들려도 괜찮은 건가……?'

그녀는 만지기만 해도 부서질 것처럼 약해 보였다. 평소에도 그랬지만 지금은 더했다. 저 작은 몸 위로 건물의 잔해들이 쏟아져 내렸다는 사실이 거짓말 같았다. 하이너는 자꾸만 무거워지는 눈꺼풀에 애써 힘을 주며, 그녀의 얼굴을 고집스레 응시했다. 고운 얼굴과 몸에 수없이 난 생채기가 가슴 아팠다.

아네트.

아네트 로젠베르크.

그는 수없이 불렀던 이름을 다시 한번 입속으로 중얼거렸다. 그의 삶 전부를 지배했던 이름이었다.

당신의 말이 맞았다. 우리는 서로 만나지 않는 것이 좋은 관계였다. 우리는, 만나는 것만으로 서로에게 상처가 되니까.

그러니 당신이 깨어나면, 비로소 나는 완벽히 당신을 보내줄 것이다.

아주 먼 곳으로 가.

내게서 아주 먼 곳으로.

시야가 흐려졌다 선명해지기를 반복했다. 하이너의 고개가 자꾸만 꺾였다. 그의 창백한 입술 사이로 느려진 숨이 새어 나왔다.

내게서 멀리, 아주 멀리……. 내가 당신을 볼 수 없고 당신이 나를 볼 수 없는 곳으로…….

덜컹덜컹.

이송차가 폐허가 된 헌팅엄을 빠져나갔다.

헌팅엄 바로 옆에 위치한 포츠만 긴급 병원으로 이송된 하이너는 탄환을 제거하는 수술을 받았다. 총상은 꽤 깊었고 일부 장기에 손상이 있었지만, 다행히 척추 부상이나 장기 부전이 오지는 않았다고 했다. 초동 대처가 빠르게 이루어진 덕분이었다.

총사령관의 부상 소식은 우선 기밀에 부쳐졌다. 비공식적인 움직임이었고, 주변에 기자나 다른 적군들이 없었기에 가능한 일이었다.

총사령관을 저격했던 저격수는 그 자리에서 사살당했다.

그리고 헌팅엄 교회 안에서 일어났던 끔찍한 사건은 온갖 신문에 대대적으로 보도되었다. 생존자들은 당시의 상황에 대해 빠짐없이 증언했고, 기자들은 그 이야기를 그대로 세상에 전달했다.

포로들을 산 채로 불태우려 했던 프란체군의 잔학한 행위는 국제적으로 큰 비난을 받았다. 심지어 민간인과 어린아이까지 포함되어 있었다는 사실은 파다니아 국민에게 큰 분노를 불러일으켰다.

파다니아 내 프란체에 대한 적대감은 하늘 높은 줄 모르고 치솟았다. 당시 행위에 가담했던 병사들을 파다니아 법으로 처벌해야 한다는 성명서가 끝없이 발표될 정도였다.

그 사건의 중심에는 아네트가 있었다.

불길에 휩싸인 교회에서 끝까지 부상자들을 구하다, 목숨을 잃을 뻔한 간호사에 관한 이야기였다.

수많은 이들이 아네트 로젠베르크에 대해 이야기했다. 아네트의 도움으로 살아남았던 포로들, 그녀와 함께 일했던 동료 간호사들, 그녀에게 치료받은 병사들……

"건물이 무너지고 있는데도, 안에 남아 있는 이들을 구하러 다시 망설임 없이 들어가더군요. 처음부터 끝까지 아이를 우선으로 살리기 위해 노력했고요."

"작년 겨울 전쟁 때, 아네트는 총탄이 빗발치는 곳으로 혼자 나가 의료 물품을 가져왔었어요. 그 물품 덕분에 많은 이들이 살았죠. 언제나 묵묵히, 맡은 일에 최선을 다해 일하는 사람이었어요."

"헌신적인 간호사였습니다. 제가 받은 인상은 그래요. 저를 간호해 주며 그녀가 했던 말이 아직도 기억이 납니다. 괜찮다고, 괜찮을 거라고, 계속 그렇게 말했었습니다."

누군가는 말했다. 여전히 그녀를 용서할 수 없다고. 그녀가 그 어떤 대단한 일을 한다고 한들, 과거를 바꿀 수는 없다고.

사람들은 그 말을 인정하면서도 각기 다른 의견들을 내놓았다.

"저라면 그렇게 못 할 겁니다. 그게 중요한 부분이죠."

"그녀의 헌신과 용기는 인정하지만, 그렇다고 과거가 없던 일이 되는 건 아니지 않나요?"

"누구에게나 기회는 있어요. 누구에게나…… 더 나은 삶을 살 기회를 줘야 해요."

세상은 온통 시끄러웠다.

이 소란 속에서— 아네트는 그저 조용히 눈을 감고 있었다. 모든 것으로부터 도망치고 싶은 사람처럼.

하이너는 그녀의 핏기 없는 얼굴에 시선을 둔 채, 이어지는 의사의 말을 들었다.

"수술 자체는 잘 진행되었지만…… 처치가 너무 늦었습니다."

"……."

"아무래도 왼손은 정상적으로 사용하시기 어려울 듯합니다. 정말로 유감입니다, 각하."

그의 회색 눈동자가 천천히 옆으로 움직였다. 부목을 대고 붕대를 감은 그녀의 왼손은 죽은 듯 늘어져 있었다.

하이너가 한 박자 늦게 물었다.

"……정상적이라는 게, 정확히 어떤 겁니까."

"이대로 회복이 잘된다는 가정하에 심각한 장애가 있지는 않을 겁니다. 하지만 손가락에 힘을 주기가 어려워서, 무거운 물건을 들거나 섬세한 작업을 하는 건 불가능할 듯합니다. 글씨를 쓰거나 자수를 놓는 것 등이요. 물론 오른손잡이라면 그나마 다행인 부분입니다만—."

"……."

"피아노를 치셨다고 들었습니다. 아마…… 이전처럼 치지는 못하실 것 같습니다."

"시간이 지나도 말입니까."

"영구적인 후유증으로 보고 있습니다."

하이너는 대답 없이 그녀를 물끄러미 바라보았다. 그의 얼굴은 겉으로 보기에 한없이 담담해 보였으나, 동시에 아무런 표정이 없어 지독히 위태로워 보이기도 했다.

이를 지켜보던 의사가 조심스레 입을 열었다.

"각하, 마음은 압니다만…… 각하께서도 현재 환자십니다."

"……."

"총상은 만만히 볼 게 아닙니다. 거동하지 마시고 돌아가 안정을 취하십시오."

하이너는 병실 침대에서 잡지를 한 장 한 장 넘겨 보았다. 침대 옆 테이블에는 신문과 잡지가 한가득 쌓여 있었다. 본래 일반 신문이 아닌 흥미 본위의 잡지 같은 것엔 눈길도 주지 않는 그였지만, 이번 은 달랐다. 잡지 기자들이 생존자들의 인터뷰를 상당히 비중 있게 실었기 때문이다. 하이너는 그 인터뷰에서 아네트에 관한 것들을 샅샅이 찾아 읽었다.

「레오니 : 정말 두려우셨겠어요.

M : 죽는 줄 알았죠. 이대로 죽겠구나 싶었어요. 우리는 민간인 이라고, 아무런 관련이 없다고 해도 그놈들은 들은 척도 안 하더 군요. 간호사가 아이만이라도 내보내 달라고 하는데도 전부 묵살 당했어요.

레오니 : 간호사라면, 혹시 아네트 로젠베르크 양을 말씀하시는 건가요?

M : 아, 네. 맞아요. 사실 그때는 그 간호사가 그 유명한 총사령 관의 전 부인인 줄도 몰랐어요. 어둡고 워낙 정신도 없어서……. 그녀의 정체를 알아챈 적군이 말하고 나서야 알았죠.

레오니 : 그러지 않아도 요즘 그분에 대한 이야기로 시끌시끌해요.

M : 대단한 사람이에요. 제가 본 것만으로 판단하자면, 지금껏 신문에 실리던 오만하고 이기적인 여자라고는 상상도 할 수 없을 정도였어요.

레오니 : 자세히 말해 주실 수 있나요?」

하이너의 눈이 활자를 더듬듯 읽어 내려갔다. 그는 M이 아네트에 대해 묘사하는 모든 말을 곱씹고 또 곱씹었다. 타인의 눈으로 바라본 아네트는 그가 아는 여자이기도 했고, 모르는 여자이기도 했다. 그건 몹시 기이한 기분이었다.

그녀에 대한 모든 것을 알고 있다고 생각했었다. 그녀를 잘 아는 이는 이제 세상에 자신뿐이라고 확신했었다. 그러나 아네트가 죽음을 선택했을 때부터, 그의 생각은 어긋났고 확신은 흐려졌다. 언제부턴가 그녀는 그가 아는 여자가 아니게 되었다.

「M : 세상일이란 참 알 수가 없는 건가 봐요. 사람이 상황을 만드는 걸까요, 상황이 사람을 만드는 걸까요?」

이제는 모든 것이 모호해져 버렸다.

「레오니 : 어려운 질문이네요.

M : 뭐가 되었든, 적어도 그때만큼은 그녀가 기적적인 상황을 만들어 냈어요. 자신을 희생해서.

레오니 : 그러고 보니 로젠베르크 양이 그 일로 왼손을 크게 다쳤다고 들었어요.

M : 그러지 않아도 그 소식을 듣고 얼마나 놀랐는지 몰라요. 너무 안타까운 일이에요. 그녀의 연주는 정말 아름다웠는데…….

레오니 : 로젠베르크 양의 연주를 들으신 적이 있나요?

M : 네, 갇혀 있을 때였어요. 교회 안에 피아노가 한 대 있었는데, 그녀가 아이를 위해 피아노를 쳐 줬죠. 정말, 정말 아름다운

연주였어요. 모든 상황도 잊고 연주에 빠져들게 될 정도로…….
위로받는 기분이었죠. 네, 위로받는 기분이었어요.」

하이너의 눈길이 그 대목에서 오래도록 머물렀다. 같은 곳을 수
차례 반복해서 읽은 그가 잡지를 든 손을 내렸다. 목 깊은 곳이 울
렁거리는 느낌이 들었다.

아네트가 피아노를 쳤다.

한때 그가 그녀에게서 빼앗았던 것 중 하나를 그녀는 스스로의
힘으로 되찾았다.

긴 시간이 지나서야— 모든 아픔과 고통을 딛고, 그 끔찍한 폐허
속에서, 마침내 그녀가 건반 위에 손을 올렸다.

그 사실은 무거운 철퇴가 되어 그에게로 돌아왔다.

하이너는 힘겨운 듯 눈을 감으며, 천천히 고개를 떨구었다. 어둑
한 병실 안을 밝히는 조명이 몇 번 깜빡거렸다. 잡지를 쥔 손은 희
미하게 떨리고 있었다. 그리고 그는 오랫동안 고개를 들지 못했다.

팽팽한 적대감 속에서 전쟁은 계속되었다.

헌팅엄 탈환 작전은 성공의 막바지에 이르고 있었다. 총사령관
은 부상 중임에도 유선상으로 모든 보고를 받으며 주요 작전들에
관여했다.

5월 18일, 국제 협약에 대한 새로운 논의와 함께 총사령관의 연

설이 신문과 라디오를 통해 전국에 전해졌다.

[AU 717년 여름, 피와 땀으로 얻어 냈던 자유 세계는 희망으로 빛나고 있었습니다. 우리는 자유로운 시민을 위한 정의를 고대하던 순간들을 기억합니다.]

프란체의 중부 집단군에서 차출된 병력은 착실히 남부로 향했다. 체서 필드에 거대한 전쟁의 그림자가 드리우고 있었다.

[그러나 찬란하던 우리의 미래는 전쟁의 공포에 짓밟혔습니다. 프란체를 비롯한 추축국의 지도부는 우리의 올바르고 진실한 의지에 적대하여 평화를 위협하고 있습니다.]

동시에 과거 총사령관이 소협상국에 가담시키는 데 성공했던, 웨이트리스의 지원군이 체서 필드로 향하고 있었다.

[우리는 평화적인 협의에 이르기를 원합니다. 그리고 프란체가 그에 걸맞은 의지를 보여 주기를, 비체 평화 조약에 서명하고 민간인 학살을 중지하고 포로를 석방하기를 원합니다.]

또 프란체가 병력을 재배치하는 동안, 파다니아는 모든 시설을 복구하고 거대한 방어선을 구축했다.

[우리는 정의를 수호하며, 침략의 위협에 흔들리지 않습니다. 우리는 나라의 부름에 응답한 우리의 아들과 딸들을 기립니다. 이들

의 숭고한 희생을 절대 잊지 않을 것이며 짓밟힌 존엄을 결코 좌시하지 않을 것입니다.]

이 모든 것의 통수권자인 총사령관이 선포했다.

[우리는 반드시 승리할 것입니다.]

그리고 그날 밤, 아네트 로젠베르크가 눈을 떴다.

온몸이 돌덩이에 매몰된 것처럼 무지근했다. 고개를 돌리려고 했지만 갇힌 것처럼 움직일 수가 없었다. 뒤척이려던 아네트가 희미한 신음을 흘렸다. 날카롭기보다는 무겁고 뻐근한 통증이 전신을 짓누르고 있었다. 뒤늦게 하얀 천장이 눈에 들어왔다. 아네트는 눈동자만 굴려 주변을 확인했다. 시간이 조금 지나고 나서야 사고가 천천히 돌아가기 시작했다.
'병원이구나.'
그녀의 마지막 기억은 무너진 잔해 속이었다. 그 안에서 깨어났다가 까무룩 잠들 듯 정신을 놓기를 반복했었다. 그게 잠든 것이었는지 기절한 것이었는지도 불분명했다. 사실 이곳에서도 몇 번인가 정신이 들었던 것 같지만, 그때의 기억은 안개가 낀 것처럼 명확하지 않았다.

'구조……된 건가.'

불가능하리라고 생각했었다. 교회가 위치한 곳은 이미 적군에게 점령된 지역이어서, 구조대를 기대하기가 어려운 상황이었기 때문이다. 그러나 그녀는 구조되었다. 살아남았다. 기적이라고밖에는 표현할 말이 없었다.

살아남아서 정말로 다행이었다. 그와의 약속을 지킬 수 있어서 다행이었다. 자신에게 다시 기회가 생겨서 다행이었다.

그에게 묻지 못했던 것을, 다시 한번 물을 기회가…….

그때 문이 열렸다. 한 여자가 트레이를 들고 병실로 들어왔다. 낯선 얼굴이었다. 깨어난 아네트를 발견한 여자는 눈을 크게 뜨더니, 곧장 호출기를 눌렀다.

"정신이 드셨어요? 괜찮으세요?"

아네트는 대답하려다, 목소리가 잘 나오지 않는다는 사실을 깨닫고 고개만 끄덕였다.

"곧 의사가 올 거예요. 물을 좀 드릴까요?"

아네트가 다시 고개를 끄덕이자, 여자가 물을 입에 흘려 넣어 주었다.

얼마 지나지 않아 의사와 간호사 한 명이 병실로 들어왔다. 의사는 이것저것 질문하며 그녀의 상태를 확인했다. 그제야 아네트는 자신이 나흘 동안이나 탈진 상태로 정신을 잃고 있었다는 사실을 알았다. 의사는 그녀가 의식이 돌아왔던 중간중간에 영양소 공급을 비롯한 처치들을 했다고 말했다. 하지만 그 순간들은 몽롱한 꿈처럼 어렴풋할 뿐이었다.

별안간 병실 문이 다시 열렸다. 아네트의 시선이 문가로 향했다. 입구를 꽉 채울 만큼 거대한 남자가 가쁜 숨을 몰아쉬며 서 있었다.

하이너였다.

허공에서 시선이 맞부딪쳤다. 비교적 가벼운 흰 와이셔츠 차림의 그는 완전히 흐트러진 얼굴이었다.

"그럼 특별히 더 불편한 곳은 없으십니까?"

"……없는 것…… 같아요."

목소리는 제가 듣기에도 처참할 만큼 갈라져 있었다. 목을 가다듬으려 했지만 그럴 만큼의 힘도 남아 있지 않았다. 아네트는 파르르 눈을 감았다가 떴다. 그는 여전히 같은 자리에 석상처럼 서 있었다.

그녀에게 다가오지도, 선뜻 말을 걸지도 않은 채, 그냥 그 자리에.

둘의 시선은 계속해서 서로에게 닿아 있었다. 아네트는 의사의 말을 흘려들으며 그를 바라보고 또 바라보았다. 왜인지 가슴이 아팠다.

"……하고 ……습니다. 왼손의 경우 재활 치료를 하면 좀 더 좋아지긴 하겠지만, 이전처럼 사용하실 수는 없을 겁니다."

"……네?"

하이너를 보느라 의사의 말을 제대로 듣지 못한 아네트가 되물었다. 의사는 조심스러운 어조로 재차 입을 열었다.

"왼손이 오랫동안 잔해에 깔려 있던 터라……."

이어지는 말이 멀게 들렸다. 아네트는 멍한 얼굴로 의사의 얼굴을 응시하다, 천천히 시선을 내렸다. 부목을 댄 왼손은 붕대로 칭칭 감겨 있었다.

"……열심히 재활 치료를 하면 어느 정도 회복될 수는 있을 겁니다. 하지만 처치가 너무 늦어져서, 완전히 원래대로 돌아가기는 어렵습니다."

이후로 의사가 몇 가지 주의 사항을 당부했다. 아네트는 아무런 대답도 하지 못한 채, 흔들리는 눈으로 제 왼손을 보았다.

사실, 어느 정도 예상했었다.

잔해에 왼손이 깔렸다는 사실을 자각했을 때부터 그녀는 무언가 잘못되었음을 깨달았다. 그 상태로 계속 시간이 흐를수록 희망은 점점 사그라들었다.

분명 예상했는데, 예상했음에도, 맨정신으로 듣는 의사의 진단은 전혀 다른 느낌이었다. 숨이 자꾸만 거칠어졌다. 온몸으로 내리누르는데도 좀체 진정이 되지를 않았다. 그녀는 지그시 이를 악물었다.

의사는 짧은 위로의 말을 건네고선 자리를 떴다. 치료용 수액을 점검한 간호사까지 병실을 나가고 나서야, 둘만이 남았다.

방 안에 침묵이 감돌았다.

아네트가 느리게 고개를 들었다. 다시 시선이 맞닿았다. 하이너는 여전히 문가에 서 있었다. 그저 고요하게.

그에게 물을 것이 많았는데, 전부 머릿속에서 휘발되어 버렸다. 숨은 여전히 가파르게 차오르고 있었다. 한참을 입술만 달싹이던 아네트는 결국, 고작 한 단어를 내뱉었다.

"미안해요."

평소의 가늘고 선명한 목소리가 아닌, 완전히 갈라져 형편없이 들리는 목소리였다.

무엇이 미안한 것인지는 정확히 그녀도 알지 못했다.

그의 뜻을 어기고 구출 작전에 합류해서, 위험에 처해서, 당신을 걱정시켜서, 당신의 과거에 관한 이야기를 멋대로 들어서, 이 모든 것을, 너무 늦게 알아서…….

정말로 할 말이 많았는데, 도저히 입이 떨어지질 않았다. 이 모든 상황이 그녀에게 벅차기만 했다.

"……나한테 미안할 게 뭐가 있습니까."

하이너는 보일 듯 말 듯 미소 지으며 대꾸했다.

"당신이 살았으니 그걸로 됐습니다."

그 미소는 어딘가가 부서지고 일그러져 보였다.

아네트는 하이너가 무슨 말을 더 하리라고 생각했다. 최전선에서 간호사로 종군했을 때도 그렇게 화를 내던 사람이었으니까. 그러나 예상과 달리 그는 더 이상 아무런 말도 하지 않았다. 그걸로 됐다는, 그 건조한 말을 끝으로 하이너는 입을 다물었다. 그녀의 얼굴 위를 더듬던 눈길이 이윽고 허물어졌다. 그가 천천히 돌아섰다.

아네트는 하이너를 부르려고 했지만, 그는 이미 등을 돌린 후였다. 그의 거대한 뒷모습은 마치 패잔병처럼 보였다.

달칵, 문이 닫혔다.

아네트는 한참 동안 닫힌 문을 바라보았다.

아네트는 병원에서 천천히 몸을 회복했다. 중부 전선은 완전히 파다니아의 손에 들어왔기에 현재 포츠만 긴급 병원은 비교적 안전하고 여유로웠다.

많은 이들이 아네트의 병문안을 왔다. 포츠만 병원으로 이동해 왔던 최전선의 동료 간호사들, 안면이 있는 병사들, 그녀가 구했던 포로들…….

"기자들이 인터뷰 때문에 찾아왔더라고요. 제가 보고 느낀 대로 대답했으니 걱정하지 마세요. 아네트는 훌륭한 종군 간호사였어요."

스쳐 갈 인연이라고 생각했었다.

"혹시 저 기억하십니까? 서부 전선에서 뵈었었는데…… 왜 환자 꼴이 되어 계신 겁니까. 어서 쾌차하십시오."

다시는 볼 일 없는 이들이라고 생각했었다.

"구해 주셔서 정말 감사합니다. 당신도 많이 무서우셨을 텐데…… 당신이 아니었다면 어떻게 되었을지……."

그러나 모든 것은 차곡차곡 쌓여 두툼해진 편지 다발처럼 그녀에게로 돌아왔다.

불타는 교회에서 아네트가 가장 처음으로 구했던 아이도 그녀를 찾아왔다. 아이는 구출된 이후, 병원 근처 대피소에서 머물고 있다고 했다. 아네트를 본 아이는 낯을 가리는 것처럼 쭈뼛거렸다. 그러나 그녀가 웃으며 손을 내밀자, 금세 경계심을 풀고 다가왔다. 왼손의 부상 때문에 아네트는 한 손으로만 아이를 안아 줄 수 있었다. 아이는 여전히 말을 하지 못했다.

아네트는 협탁 위에 있던 메모장과 펜을 내밀며 아이에게 물었다.

"그러고 보니 아직도 네 이름을 모르네. 여기에 한번 써 줄래? 아, 글씨를 쓸 줄 아니?"

아이는 왜인지 뿌듯한 얼굴로 힘차게 고개를 끄덕이더니 펜을 잡았다. 작은 손 아래에서 삐뚤빼뚤 서툰 글씨가 생겨났다.

아네트는 그것을 읽은 후 미소 지었다.

"……예쁜 이름이구나."

「요제프」

그녀가 구한 소중한 생명의 이름이었다.

포츠만 병원으로 카트린의 편지가 뒤늦게 도착했다. 급박했던 전시 상황으로 인해 송달이 한참 늦어진 탓이었다. 편지에 적힌 날짜는 신시어 폭격 이전이었다. 아네트는 그로트 가에 전화를 걸어 보았지만, 연결이 되지 않았다.

'……제대 후 직접 찾아가 봐야 하나.'

아네트는 조만간 제대를 할 생각이었다. 그녀 스스로 그만두고 싶기도 했거니와, 어차피 이 손으로는 제대로 일을 하기도 어려웠다.

이 손.

아네트는 가라앉은 눈으로 제 왼손을 바라보았다.

애써 의식하지 않으려 해도, 떠올리지 않으려 해도 그럴 수가 없었다. 앞으로 다시는 피아노를 치지 못하게 될 거란 사실을 오래전부터 예감하고 있었음에도…….

그것이 막상 '평생'이라는 이름을 띠고 현실로 다가오자, 아네트는 홀로 있을 때마다 절망의 결을 만지게 되었다.

끝내 죽지 못하고 남아 있던 미련이었다.

한때 그녀에게 가장 소중했던 것에 대한.

얼굴과 몸에 난 생채기들이 사라질 때쯤, 아네트는 왼손의 붕대를 풀었다. 둔해진 손의 감각은 한없이 낯설고 고통스러웠다.

시간은 계속해서 흘러갔다.

그러는 동안 아네트는 하이너를 단 한 번도 보지 못했다.

하이너는 그녀를 찾아오지도 연락을 취하지도 않았다. 아네트가 그를 본 것은 처음 병실에서 제대로 의식이 돌아온 날이 마지막이었다. 아네트는 그를 만나 이야기하고 싶었다. 물어야 하는 것도 들어야 하는 것도 많았다. 그러나 지금은 전시였고, 그가 한창 바쁠 것을 알기에 그저 기다렸다.

시간은 계속해서 흘러갔다.

그즈음, 헌팅엄에서 벌어졌던 총사령관의 총격 사건에 대한 소식이 뒤늦게 신문에 실렸다.

신문 끄트머리가 손아귀 안에서 구겨졌다. 아네트는 떨리는 눈으로 기사를 반복해서 읽었다.

「저격수는 헌팅엄 탈환 지역에 숨어 있던 프란체 병사로, 현장에서 즉각 사살되었다. 총사령부 측은 추가적인 배후를 조사하고 있다.」

「……다행히 목숨에 큰 지장은 없으나, 복부에 중상을 입어 현재 병원에서 회복 중인 것으로…….」

사령부 측에서는 이를 최대한 숨긴 모양이지만, 당시 현장에 있던 민간인 목격자들에 의해 결국 밝혀진 듯했다.

기사는 단순한 사실만을 전달하고 있었다. 장소, 날짜, 대략적인 상황……. 총사령관이 총에 맞은 이유가 구조 작업 때문이었다는 내용 같은 건 어디에도 없었다. 그러나 아네트는 거기에서 모든 정황을 유추해 낼 수 있었다.

하이너가 하필 그 날짜에, 그 장소에, 저격수에게 노출될 만큼 무방비한 상태로 있을 만한 상황은 하나뿐이었다.

'그가…… 구조를 위해 직접 왔었어……?'

아네트의 표정이 아연하게 변했다. 그제야 하이너가 이곳 포츠만 병원에 있던 이유가 이해되었다. 그는 구조 작업 중 총상을 입고 이곳으로 함께 실려 온 것이었다.

아네트는 신문을 내던지듯 내려놓고 침대에서 일어났다. 그를 만나야 했다. 만나서 이야기를 해야 했다. 다시는 보지 말자는 제 말을 번복하는 짓이라는 건 알았다. 하지만 지금은 그런 걸 따질 때가 아니었다.

성큼성큼 걸음을 옮기던 그녀가 벽에 걸린 거울을 보고선 잠시 멈칫했다.

거울 속의 여자는 몹시 초췌하고 피로해 보였다. 부상도 부상이지만, 최근 사나운 꿈자리 때문에 잠을 제대로 자지 못한 까닭이었다. 거기다 다 낫지 않은 얼굴의 생채기가 유독 눈에 띄었다. 어느 모로 보나 완전히 엉망인 몰골이었다.

아네트는 저도 모르게 과거의 자신과 현재의 자신을 겹쳐 보았다.

꿀처럼 탐스럽던 머릿결과 순백하게 반짝이던 눈동자, 곱고 희던 피부는 어디에도 없었다. 전혀 관리하지 못한 머리칼과 피부는 푸석푸석했고 눈가는 그림자가 드리운 것처럼 어두웠다. 지금의 자신은 그저 초라하고 지친, 그렇게 나이 들어 버린 여자일 뿐이었다.

빤히 거울을 응시하던 그녀는 괜히 흐트러진 머리를 정돈했다. 창백한 입술을 쓸어 보다가, 가진 색조 화장품이 하나도 없다는 사실을 깨닫고 손을 내렸다. 아네트는 애써 거울에서 시선을 거두고 병실을 나섰다.

병원 복도는 오가는 환자와 보호자들로 가득했다. 아네트는 발이 닿는 대로 무작정 걸었다. 그러다 다다른 복도 끝에서 망연히 멈추어 섰다. 막상 나오기는 했지만, 어디로 가야 할지 알 수가 없었다. 누구에게 그의 행방을 물어야 할지도.

"어머, 왜 나와 계세요?"

아네트의 간병인이 복도를 서성이는 그녀를 발견하고선 다가왔다. 아네트는 반쯤 멍한 얼굴로 고개를 돌렸다.

"아……."

"필요한 게 있으세요?"

"아뇨, 저 다름이 아니라…… 혹시 총사령관 각하를 만나 뵐 수 있을까요?"

"네?"

간병인이 당황한 듯 되물었다. 아네트는 반복해서 말했다.

"총사령관 각하를 만나 뵙고 싶어요."

"아……. 죄송해요, 그 부분에 대해선 제가 아는 게 없어요."

"그 사람이 당신을 고용한 게 아닌가요?"

"전 그냥, 말 그대로 고용되었을 뿐이에요. 거기까지는 잘……."

"……그렇군요. 알겠습니다."

아네트는 깔끔하게 물러났다. 더 캐물어 봐야 얻을 것이 없을 듯했다.

잠시 그녀의 눈치를 살피는 듯하던 간병인이 병실로 들어가요, 하고선 그녀를 이끌었다. 간병인은 아무 일도 없었다는 듯 친절한 투로 오늘의 상태와 기분을 물었다. 아네트는 평소와 같이 대화를 이어 나가며 병실로 돌아왔다. 그리고 침대에 앉기 무섭게 다시 그 화제를 꺼냈다.

"그러면 혹시, 다른 분께라도 말을 전달할 수 있을까요? 만나 뵙고 싶다고."

"다른 분이요?"

"네. 현재 제 보호자가 누구죠?"

"아…… 다른 장교분이세요."

"그럼 그분께 전달해 주세요."

그러자 간병인이 난감해하는 얼굴을 하더니, 일단 시도는 해 보겠다고 대답했다.

아네트는 그녀가 총사령관의 행방을 알리라고 생각했다. 아니, 정확한 행방은 모르더라도 이 모든 일이 그의 귀에 들어갈 것이라고 확신했다. 그렇지 않고서야 자신이 깨어난 직후 그가 곧장 찾아왔을 리가 없었다.

하이너는 분명 이 병원에 있었다. 전시 시국이라 바쁘다면 자세한 이야기는 다음에 해도 좋았다. 하지만 적어도, 잠깐이라도 얼굴을 보고 제대로 다시 말해야만 했다.

미안하다고.

고맙다고.

"그렇게 전해 달라고……."

병상에서 업무를 보던 하이너는 펜에서 잉크가 떨어지는 것도 모른 채 손을 멈추었다. 잉크 방울이 종이 위로 검게 퍼졌다. 째깍째깍. 시계 돌아가는 소리가 유독 크게 들렸다. 어둡게 가라앉은 회색 눈동자가 눈꺼풀 사이로 잠겨 들었다가 드러났다. 잠시 침묵하던 하이너는 뒤늦게 입을 뗐다.

"……회복 상태는 어떻습니까?"

"특별한 문제는 없습니다만, 의사 말로는 조금 더디다고 합니다. 기력이 많이 쇠하시기도 했고, 제가 보기로는 정신적인 문제도 있는 것 같습니다."

"정신적인 문제라면."

"악몽을 자주 꾸십니다. 깊이 잠드시지 못하는 것 같습니다."

"그렇……습니까."

어쩌면 당연한 일이었다.

산 채로 건물과 함께 불태워질 뻔한 데다가, 잔해 속에서 며칠을 버텼다. 그 일을 겪고 멀쩡할 리가 없었다. 거기다 5년 만에 되찾았던 그녀의 연주는, 그것으로 마지막이 되었다. 아네트는 한때 삶의 전부였던 것을 이제 영영 잃어버렸다.

하이너는 약간 잠긴 목소리로 물었다.

"왼손에 대해서는, 별말 없던가요."

"딱히 별다른 말씀은 없으셨습니다. 그냥…… 괜찮다고 하셨습니다."

"……괜찮다니?"

"사실 잔해에 왼손이 깔렸을 때부터 어느 정도 예상했다고, 어차피 이제 다시 피아노를 칠 생각은 없었으니…… 괜찮다고."

하이너는 믿을 수 없다는 듯 간병인을 바라보았다.

"그렇게 말씀하셨습니다."

거짓말이었다.

거짓말일 게 분명했다. 하이너는 그렇게 확신했다.

피아니스트를 꿈꾸던 여자였다. 그 꿈을 접은 것과는 별개로, 그녀가 여전히 피아노를 사랑한다는 사실을 그는 알고 있었다.

'하지만, 그래서?'

그게 거짓말이라고 한들, 지금 그가 할 수 있는 것은 아무것도 없었다. 무력감이 어깨를 무겁게 짓눌렀다.

"또 외람되지만…… 한 가지 더 걱정되는 부분은, 로젠베르크 양께서 재활 치료에 영 의욕을 보이시는 것 같지가 않습니다."

"치료를 받으려고 하지 않는다는 말입니까?"

"아뇨, 딱히 거부하시는 건 아닙니다. 그냥 제가 보기에 조금 열의가 없으신 것 같아…… 사실 이건 제 추측에 불과해서요, 괜한 말을 꺼냈다면 죄송합니다."

"……아닙니다. 전부 보고해 주시면 감사하겠습니다."

그렇게 말하는 하이너의 머릿속에서는 과거의 어떤 장면들이 떠오르고 있었다. 아네트가 첫 번째 자살 시도를 하고 난 이후였다. 그때도 그녀는 모든 것에 데면데면 굴었다. 좋은 것도 싫은 것도 없는, 그저 모든 것이 '괜찮은' 사람처럼.

새삼스레 그것들을 되짚어 보던 하이너는 목이 타는 듯한 기분을 느꼈다.

"저, 각하. 로젠베르크 양께서 여쭤보신 것은 어떻게 할까요?"

간병인의 말에 하이너는 회상에서 벗어났다. 사고가 약간 지체되었다. 그녀가 그에게 물은 것…….

그녀가, 그를 만나고 싶다고 한 것.

하이너는 천천히 숨을 들이쉬었다가 내뱉었다. 조금이라도 이성을 놓으면, 이미 정리하고 매듭지은 생각들이 다시 흐트러질 것만 같았다.

어긋남 없이 규칙적인 시계 초침 소리가 방 안을 채웠다. 이윽고 그의 입에서 담담한 대답이 흘러나왔다.

"……응답하지 않았다고 전해 주십시오."

복도 위로 고요한 발걸음이 멈추었다. 미닫이문 옆에 기대어 선 남자가 고개를 약간 틀었다. 그의 시선이 문에 작게 난 창 안으로 향했다. 재활실 한가운데에 한 여자가 가만히 앉아 있었다.

그녀는 재활 기구를 다리 옆에 놔둔 채, 가만히 제 왼손을 응시하고 있었다. 창백한 얼굴에는 그 어떤 표정도 떠올라 있지 않았다. 내리깐 눈만이 이따금 느리게 깜빡일 뿐이었다.

하이너는 아주 작은 공간에 갇힌 것처럼 꼼짝없이 서서 그 모습을 바라보았다. 고요한 가운데, 소리 없는 침음이 새어 나왔다.

깨어지고 부서진 폐허의 잔해들이 가슴속에서 덜그럭거렸다. 그것들은 계속해서 움직이며 날카로운 생채기를 냈다.

늘어뜨린 그의 손이 조금씩 움찔했다.

당장에라도 이 문을 열고, 그녀의 이름을 부르고, 두 눈으로 가까이서 그녀를 확인하고 싶었다. 당신을 그렇게 만든 건 나라고, 전부 미안하다고, 그럼에도 살아 줘서 고맙다고, 그렇게 이야기하고 싶었다.

그러나 하이너는 그러지 않았다.

그러지 않기를 택했다.

그는 아네트가 자신을 만나고 싶어 하는 이유를 알았다. 아마 자신의 총상 소식을 알았겠지. 영민한 여자니 당시의 정황도 어렴풋이 눈치챘을 테고.

그러나 하이너는 그녀가 이대로, 그때 일어났던 모든 일을 서서히 잊어 가기를 바랐다.

그저 이대로 멀리 떠나가도록……

아네트의 제대 신청서는 이미 처리가 완료되었다. 그녀는 전선에서 먼 본토로 돌아가게 될 것이고, 그들은 이제 다시는 만나지 않을 것이다.

그녀가 바랐던 대로.

간헐적으로 떨리던 손이 꽉 주먹 쥐어졌다. 그는 안간힘으로 유리창에서 시선을 뗀 후, 조용히 몸을 돌렸다.

이제 끝내는 것이 옳았다.

죄가 되는 마음도, 이슥한 미련도.

13장

모든 것에도 불구하고 (1)

「친애하는 카트린에게

이 편지가 무사히 당신에게 도착하길 바라며 씁니다.

전선이 밀려나 대피하는 과정에서, 당신의 편지를 한참이나 늦게 받게 되었어요. 걱정시켰다면 미안해요.

카트린이 신문을 봤을지도 모르겠네요. 작전 중에 일이 틀어져서 약간의 부상을 입었어요. 염려하지 마세요. 큰 부상도 아니고, 지금은 포츠만 병원에서 치료받으며 잘 지내고 있습니다.

신시어에 폭격기가 떴다는 말을 듣고 얼마나 가슴을 졸였는지 몰라요. 그로트 가에 전화를 걸었었는데, 전화선이 연결되지 않는 것 같더군요.

괜찮은 거지요? 무사한 거지요?

(……중략……)

요즘 그 사람—당신이 생각하는 그 사람이 맞을 거예요—과 일이 조금 있었어요. 마음이 참 복잡해서, 지난번 당신이 써 준 편지의 추신을 다시 읽어 보았어요. 많은 도움이 되었답니다.

사실 머리로는 알아요. 그 사람과 여기에서 완전히 끝내는 게 맞는다는 걸. 남은 것도 붙들 것도 없이, 각자의 길을 가는 것이 서로를 위해 좋다는 걸요.

하지만 마지막으로 그 사람과 제대로 이야기를 하고 싶어요.

포로로 잡혔던 교회 안에서, 죽음을 목전에 두고서야 깨달았거든요. 나는 단 한 번도 그러지 않았다는 사실을……. 그게 후회가 됐어요.

카트린, 나는 깊은 대화를 통해 모든 일이 기적적으로 해결된다고 믿지는 않아요.

다만 내가 알지 못했던 것을 알게 됨으로써, 조금 더 나은 선택지를 만드는 기회를 가질 수는 있다고 생각해요. 겨울 해가 들던 관저의 응접실에서 당신과 내가 그러했던 것처럼요.

이번에도 그 기회를 놓치게 된다면…… 남은 삶에 두고두고 후회로 남을 것 같아요.

카트린, 당신이 말했죠? 나는 지나치게 내 마음을 허락받으려고 한다고, 그러니 당신이 허락해 주겠다고, 내가 마음 가는 대로 느껴도 좋다고.

당신을 뒷배로 그래 볼까 해요. 응원해 줄 거죠?

(……중략……)

저는 퇴원하는 대로 제대를 해요. 돌아가는 길에 신시어에 잠시 들를 예정입니다. 당신과 다정한 브루너, 그리고 사랑스러운 올리비아를 만날 일을 몹시 고대하고 있어요.

돌아가면 당신과도 못다 한 깊은 이야기를 나누고 싶어요.

그때까지 부디 건강히 잘 지내기를.

사랑으로,
아네트 로젠베르크」

몸이 회복세에 접어들며, 더는 간병인이 밤낮으로 대기할 필요가 없게 되었다. 아네트는 낮 동안 필요한 시간에만 간병인을 부르기로 했다.

그즈음 아네트는 간병인으로부터 하이너의 대답을 들었다. 그는 그녀의 요청에 응답하지 않았다고 했다.

응답하지 않았다.

그녀는 이 대답을 두고 고심했다. 거절의 의미인지, 아니면 단순히 정말로 무응답이었는지 알 수가 없었다.

아네트는 간병인에게 다시 한번 요청을 넣었다. 그러나 돌아온 대답은 역시 같았다. 결국 그녀는 말을 전하는 것을 포기했다. 하지만 그것이 그를 만나는 일을 포기한다는 뜻은 아니었다. 퇴원까지는 시간이 조금 남아 있었고, 그녀에겐 당장 할 일도 없었다.

아네트는 병원 1층의 로비에서 그를 무작정 기다리기로 했다. 아무리 그라도 종일 병실에만 틀어박혀 있지는 않을 터였다. 입원을 했으니 언젠가 퇴원을 할 테고, 여기에 있다 보면 언젠가 얼굴 한번은 볼 수 있겠지, 하는 다소 안일한 생각에서였다. 그런 생각으로— 아네트는 로비 의자에 앉아 하루 대부분을 보냈다. 사실 전부 멍청한 짓이라는 건 알았다. 여기에서 종일 시간을 죽인다고 그를 만난다는 보장은 없었다. 하지만 그녀가 할 수 있는 일이 그것뿐이었다.

또 뻥 트이고 사람이 많은 로비에 앉아 있는 것은, 꽉 막힌 개인 병실에 있는 것보다 심신에 안정을 가져다주었다. 문이 닫힌 병실 안에 있다 보면 그녀는 천장이 무너질 것 같은 기이한 공포심에 시달리곤 했다. 그럴 리 없다는 걸 아는데도 그랬다.

물론 이러한 말은 간병인에게 하지 않았다. 그냥 단지 이곳에서 총사령관을 기다리는 것으로 생각하도록 내버려 두었다. 그래야 그의 귀에 이 이야기가 들어갈 테니까.

시간은 느리게 흘러갔다.

[체렌토가 중립 선언을 깨고 참전 의사를 밝혔습니다. 현행 중립법에 따른 체렌토의 선언은 국가 종교의 정신에 의거한…….]

아네트는 로비에 비치된 라디오를 들으며 뜨개질을 했다. 옆 병실의 한 부인이 시간을 보내기 괜찮다며 준 것이었다. 워낙 오랜만인지라, 그나마 쉬운 목도리부터 다시 시작해 보고 있었다. 하다 보니 손에 익어서 벌써 절반 이상 진도가 나갔다.

"어이구, 이게 누구야."

머리 위에서 들려오는 소리에 아네트가 고개를 들었다. 눈앞에서 주름진 얼굴이 웃고 있었다. 아네트가 반갑게 입을 열었다.

"할머님."

그녀가 교회에서 부상을 처치해 주었던 노인이다.

노인은 그녀의 도움으로 교회에서 무사히 빠져나가 현재 포츠만 병원에서 치료받고 있었다. 지난번 병문안을 위해 아네트의 병실에 들렀던 이후로는 처음 보는 것이었다.

"잠깐 옆에 앉아도 되오?"

"그럼요. 오랜만에 뵙네요. 잘 지내셨어요? 몸은 괜찮으시고요?"

"나야 이제 거의 다 나았지. 곧 퇴원이라오. 자네야말로 괜찮은 거요? 얼굴빛이 영 안 좋은데."

"전 괜찮아요. 잠을 제대로 못 자서 그런가 봐요."

"잠을 왜 못 자?"

"그냥, 꿈자리가 조금 사나워서……."

"그럴 만도 하지. 그 꼴을 겪고 멀쩡하면 그게 이상하지."

노인이 작게 혀를 찼다. 아네트는 말없이 미소만 지었다.

"그보다 왜 여기서 이러구 있소?"

"아, 그냥…… 누구를 좀 기다리고 있어요."

"기다려요? 언제 오는데?"

"잘 모르겠어요. 사실 올지 안 올지, 그것도 모르겠고요."

"그래요?"

노인은 거기에서 더 이상 캐묻지 않았다. 그저 무언가를 생각하듯 곰곰이 침묵하다, 조용한 충고를 건넬 뿐이었다.

"기다릴 거라면 아주 기다려야 돼. 그래야 나중에 후회가 안 남아."

노인의 목소리는 어딘지 쓸쓸하게 들렸다. 아네트는 그 말에 귀기울였다.

"젊었을 때, 남편이 해외의 탄광에서 일한 적이 있었다오. 한데 어느 날 탄광이 무너지는 바람에 그이가 사망했다는 소식을 받았지. 나는 처음엔 그럴 리 없다며 믿지 않고 그 사람을 기다렸지만, 결국엔 재혼을 했소. 나 혼자만의 힘으로 자식들을 먹여 살릴 수가 없었으니."

"아……."

"그런데 재혼하고 반년 후인가, 죽은 줄 알았던 남편이 살아 돌아왔더군. 기적 같은 일이었지만 마냥 기뻐할 수가 없었지. 당시 나는 재혼한 남편의 아이를 임신 중이었으니까……. 뭐, 그게 결말이라오."

노인의 얼굴 위에는 세월이 나이테처럼 겹겹이 쌓여 있었다. 고단한 삶의 흔적들이었다.

"그때의 네 선택이 그르다고 생각하진 않소. 그게 당시 내가 선택할 수 있는 최선이었거든. 하지만 후회는 된다오. 그때는 남편을 기다리던 시간이 지독히도 길게 느껴졌지만, 지금 생각해 보면 또 그리 긴 것도 아니었는데 말이야……."

말끝이 나무뿌리처럼 갈라졌다. 초로를 훌쩍 넘은 노인의 음성은 작고 쇠했지만, 이상할 정도로 분명하게 전해졌다.

노인이 빙긋이 웃으며 말했다.

"사실 어느 것을 선택하든 후회는 뒤따르는 법이지. 그게 삶이니 어쩌겠소? 우리는 조금이라도 덜 후회하기 위해 노력할 뿐이라오."

늦은 밤의 병원 로비는 고요하고 어둑했다.

홀로 앉아 뜨개질을 하던 아네트는 중간에 코를 잘못 엮은 것을 깨닫고, 뒤늦게서야 풀기 시작했다. 그러나 잘못 엮었다는 사실을 한참 후에 깨달은 터라 푸는 데 시간이 걸렸다. 아네트는 서두르지 않고 꼼꼼히 코를 풀어 나갔다.

뜨개를 잡고 오른손으로 엉킨 실을 빼내는 순간— 거짓말처럼 왼손에서 힘이 빠졌다. 마치 계단이 있는 줄 알고 발을 내디뎠다가, 그대로 추락한 듯한 느낌이었다. 무릎 위로 뜨개가 툭 떨어졌다. 미처 잡을 새도 없이, 뜨개는 치맛자락을 타고 바닥으로 미끄러져 버렸다.

왜인지 가슴이 덜컥 내려앉는 기분이었다.

아네트는 떨어진 뜨개를 주울 생각도 하지 못하고 그저 멍하니 앉아 있었다. 왼손은 무릎 위에 힘없이 늘어뜨린 채였다. 시선을 내려 힘이 빠진 왼손을 바라보았다. 손가락을 움직이려 했지만, 뜻대로 잘되지 않았다.

어두운 적막이 팔다리를 기어올랐다. 아네트는 눈을 내리깔고 가만가만 숨만 몰아쉬었다. 그냥, 이게 다 무슨 소용인가 싶었다.

불현듯 로비 복도 안쪽에서 저벅저벅 발걸음 소리가 울려 퍼졌다. 아네트는 딱히 상대를 확인할 생각도 하지 않은 채, 그저 계속해서 시선을 떨구고 있었다. 규칙적으로 이어지는 걸음은 어느덧 가까이서 들렸다. 그 걸음 소리가 어딘지 익숙하다는 사실을 깨달은 아네트가 뒤늦게 고개를 들려는 순간. 크고 굵은 손이 시야 안으로 불쑥 들어왔다.

그 손은 바닥에 떨어진 뜨개를 주워 들어 그녀에게 내밀었다. 아네트는 넋을 놓은 채 눈앞의 뜨개를 바라보다가, 천천히 고개를 들었다.

특유의 날카롭고 음산한 얼굴이 그녀를 내려다보고 있었다. 깊게 가라앉은 회색 눈동자에는 그 어떤 빛도 담겨 있지 않았다. 어딘지 화가 난 듯한 기색이었다. 멍하니 그를 응시하던 아네트가 머뭇머뭇 뜨개를 받아 들었다.

하이너는 말없이 한 손을 내밀었다. 잡고 일어나라는 뜻인 듯했다. 아네트는 약간 당황한 눈치로 망설이다가, 조심스레 그의 손을 잡고 일어났다. 그는 그대로 복도 쪽으로 걸음을 옮겼다. 아네트는 무어라 말할 생각도 하지 못하고 그의 손에 이끌려 걸어갔다. 그녀는 맞잡은 손을 힐끗 바라보았다. 굳은살투성이의 단단한 손은 최소한의 힘으로 그녀의 손을 잡고 있었다. 마치 쉽게 죽어 버릴 듯한 작은 생명체를 다루는 것처럼. 거기에 괜히 묘한 기분이 들었다.

계단을 올라 아네트의 빙실에 나나들 때까지노 그는 아무런 말이 없었다. 아네트는 어색함에 작게 손가락을 꼼지락거렸다. 그러자 그는 잡은 손에 약하게 힘을 주었다가 금세 풀었다.

병실 안에 들어서서 문을 닫자마자, 하이너가 그녀의 손을 놓으며 돌아섰다. 아네트는 그와 문 사이에 갇힌 채 눈만 깜빡였다. 달빛을 등지고 선 그의 몸은 그림자에 잠겨 유독 거대해 보였다.

하이너가 이를 악문 듯 억눌린 목소리로 말했다.

"……뭐 하자는 겁니까."

아네트는 갑작스러운 그의 말을 어떻게 해석해야 할지 몰라 잠자코 있었다. 그녀의 침묵에 하이너는 감정이 더 격해졌는지, 한층 고조된 음성을 내뱉었다.

"대체 뭐가 또 문제인 거야. 나랑 기 싸움이라도 하자는 겁니까?"

"그럴 생각은……."

"그럼 이게 뭐 하는 겁니까. 재활 치료도 제대로 안 받고, 아침부터 밤까지 로비에만 앉아 있는 게 시위가 아니면 뭐란 말입니까."

"치료는 제대로 받고 있어요."

"거짓말하지 마십시오. 당신, 제대로 받을 생각 없잖아."

아네트는 말문이 막혔다. 사실 그의 말은 틀리지 않았다. 의도적으로 치료를 거부하는 건 아니었지만, 그렇다고 열성적으로 응하는 것도 아니었다.

특별한 이유가 있어서라기보다는 그냥 의욕이 없을 뿐이었다. 어차피 망가진 손, 다 무슨 소용인가 싶었다.

"……그거랑은 상관없어요. 시위하는 것도 아니고요."

"그럼 로비에 종일 그러고 앉아 있는 건?"

"그건 당신을 기다린 게 맞지만."

'당신'이라는 호칭에 그가 멈칫하는 것이 느껴졌다. 전장에서 다시 만난 이후, 그녀는 늘 그를 '각하'라고 불러 왔기 때문이다.

"정말이지……."

그러나 하이너는 오히려 거기에 더욱 화가 난 듯한 얼굴이었다.

"정말이지 당신은, 단 한 번도 내 생각대로 움직이질 않는군."

"그냥 당신과 이야기를 하고 싶었어요. 날 만나고 싶지 않았던 거라면, 그냥 짧게만……."

"내가 당신을 만나고 싶지 않아 했다고?"

하이너는 기가 막힌다는 듯 헛숨을 내뱉었다. 잠깐의 간격 끝에, 그가 잔뜩 거칠어진 음성으로 말했다.

"난 당신을 보내 주려고 했어, 당신이 바라던 대로……!"

"고맙다고 말하고 싶었어요."

그에 하이너는 허를 찔린 듯한 얼굴로 입을 다물었다. 아네트가 속삭이듯 덧붙였다.

"……구하러 와 줘서."

"……."

"미안하다고도, 다시 말하고 싶었고요."

둘 사이에 적막이 내려앉았다. 얼마간 그는 아무런 말도 하지 않았다. 아네트는 조심스러운 눈길로 그를 올려다보기만 했다. 그녀의 시선이 견딜 수 없는 고문이라도 되는 것처럼, 하이너가 파르르 떨며 고개를 돌렸다. 그가 힘겹게 말했다.

"당신은…… 그런 말을 할 필요가 없습니다."

"감사 인사나 사과를 받는 건 당신 자유예요. 나는 그냥 이야기를 좀 하고 싶었을 뿐이에요."

"대체 당신이 왜 나와 새삼스럽게 이야기를 하고 싶었던 건진 모르겠지만, 이쯤에서―."

"당신의 과거 동료라는 사람을 만났어요."

아네트는 조용한 어조로 이야기를 꺼냈다. 일순 하이너의 눈동자에 미미한 떨림이 일었다. 이에 관해서는 하이너도 알고 있었다. 생존자들의 증언에 따르면, 유창한 파다니아어를 구사하는 한 프란체 대위가 자신을 총사령관의 옛 친구이자 동료라고 소개했다고 했다.

엘리엇 시도우.

잭슨.

이렇게 다시 만나게 될 줄은 몰랐던 이름이었다.

그러나 하이너는 잭슨과 아네트 사이에 어떤 대화가 오갔는지는 정확히 알지 못했다. 다만 짐작할 뿐이었다.

"······그래서, 내 과거에 대해 듣기라도 했습니까?"

하이너는 그녀가 제 비참한 과거를 알게 되었다는 사실에 기묘한 수치심을 느꼈다. 오래전부터 아네트가 그에 대해 알아주길 바랐으면서, 모순적이게도.

"동정이라도 하고 싶은 겁니까?"

그녀에게 이렇게 말하면 안 된다는 걸 알았다. 알면서도, 이 모든 상황에 화가 났다.

아네트가 제 몸을 돌보지 않고 로비에서 그러고 있던 것도, 제 삶을 폐허로 만들어 놓은 이에게 고맙다고 말하는 것도, 정작 사과해야 할 사람은 그인데 그녀가 사과하는 것도. 모든 걸 끊어 내려고 애써 마음먹은 자신을, 기어코 이렇게 형편없이 만들어 놓은 것도.

하이너는 정말이지 그녀를 다시는 보지 않을 작정이었다. 만나면 흔들릴 걸 아니까. 다 내던지고 붙잡고 싶어질 걸 아니까. 그런데 결국은 이 모양이었다. 결국은 그녀의 뜻대로 되었다. 그는 아네트를 단 한 번도 이긴 적이 없었다.

단 한 번도.

그런 그의 심정을 아는지 모르는지, 아네트가 담담히 입을 열었다.

"하이너, 내가 예전에 말한 적 있었죠. 당신을 사랑했기 때문에, 당신에 대해 알기를 회피해 왔었다고. 알게 되는 순간 우리는 아프게 될 테니까."

푸른 눈동자가 어둠 속에서 그를 똑바로 직시했다.

"그런데 시도우 대위에게 당신에 관한 이야기를 듣고 나서…… 그렇게 계속 회피하고 또 회피해 왔던 게, 처음으로 후회가 됐어요."

"……."

"당신에게 한번은 제대로 물어야 했어요. 당신을 이해하려고 노력해야 했어요. 당신 이야기를 들어 봐야 했어요."

"……."

"하이너."

더없이 명료한 목소리가 그의 이름을 불렀다.

"나를 증오했던 이유가…… 단지 내가 디트리히 후작의 딸이기 때문이었나요?"

찰나 위태로운 파문이 그의 얼굴 위로 떠올랐다.

하이너는 힘주어 주먹을 쥐었다가, 손에서 힘을 풀었다. 그리고 멀거니 그녀를 응시했다. 마치 모든 의지를 상실한 듯한 눈빛이었다.

"말해야만 아는 것들이 있어요."

아네트가 고요하고 또 다감한 어조로 말했다.

"알아야만 하는 것들이 있고요. 그저 이대로 아무 일도 없었던 것처럼 살아가기엔…… 우리에게 너무 많은 일이 있었고, 너무 많은 시간을 함께했잖아요."

"……아무것도 달라지는 건 없나고 해노?"

"비록 그것이 우리에게 미래를 보장하지 않더라도, 서로에게 더 이상의 후회를 남기지 않기 위해서."

그들에게는 미래가 없었다.

둘 다 그것을 알고 있었다.

이미 조각조각 부서져 끝나 버린 관계를 다시 이어 붙이는 건 서로에게 아픔만을 안겨다 줄 뿐이었다. 아네트가 그의 과거를 알고 이해한다 한들, 그것이 그들 사이에 존재하는 해묵은 감정을 완전히 청산한다는 의미가 될 수는 없었다. 그들의 길에는 과거의 잔재가 가득할 것이다. 함께하기 위해서는, 길 위에 놓인 날카로운 유리 조각들을 밟으며 나아가야만 했다.

그렇기에 아네트는 그들이 함께하는 미래를 이야기하지 않았다. 다만, 각자의 삶에 남게 될 후회를 말하고 있었다.

"하이너, 당신이 내게 가진 마음은 대체 뭔가요?"

그녀가 다시 한번 물었다.

서로의 숨이 허공에서 얽혔다.

지난한 침묵 속에서— 수많은 것이 연기처럼 떠올랐다. 서로를 할퀴고 상처입혔던, 과거에서부터 상속되어 온 마음이었다.

긴 망설임 끝에, 그가 힘겹게 입술을 달싹였다.

"아네트, 나는……."

사실 나는.

당신에게 이토록 초라한 나의 모습들을 보여 주고 싶지 않았다. 그러기에 당신은 너무 아름답고 귀했으니까.

"나는…… 오래전부터……."

그러나 동시에 당신이 나를 알아주길 바랐다. 당신이 말했던 것처럼 당신이 정말 날 사랑한다면, 그래 주길 바랐다.

"정말로 오래전부터……."

그럴 리 없다는 걸 알면서도.

"당신을, 계속해서 생각해 왔습니다."

당신이 나를 진정으로 사랑할 리 없다는 걸 알면서도.

"당신은 내 지옥 같은 삶에서 원했던 단 한 가지였습니다. 당신을 원하면 안 된다는 걸 아는데, 당신을 원할수록 나는 더 비참해지기만 한다는 걸 아는데……."

말끝이 울렁거렸다. 하이너는 잠시 눈을 감고 애써 호흡을 정돈했다.

"내 삶이 이토록 엉망인 게 전부 당신 탓인 것만 같았습니다. 당신은 바라보는 것만으로 죄악처럼 느껴질 만큼, 너무도 빛나는 삶을 살고 있어서…… 내 삶이 얼마나 망가져 있는지를 깨닫게 했어."

아네트는 흔들리는 눈으로 그를 올려다보고 있었다.

고생으로 메마르고 수척해진 얼굴조차 숭고할 만큼 아름다워서, 그는 이 자리에서 도망치고 싶은 기분을 느꼈다. 빛을 피해 달아나는 어둠처럼.

하이너는 불현듯 자각했다. 저 여자를 바닥까지 끌어내린 순간에조차, 자신은 언제나 그녀의 발밑에 있었다는 걸.

"왜……."

아네트가 떨리는 음성으로 물었다.

"왜 처음부터, 내게 말하지 않았어요? 당신이 겪었던 일을, 당신이 나를 오래전부터 알고 있었다는 걸…… 왜 내게 처음부터……."

"내가 당신에게 가진 감정은, 당신이 한때 꿈꿨던 낭만적인 사랑 같은 게 아닙니다. 어그러질 대로 어그러진 흉측한 집념일 뿐."

그가 가진 마음은 시작부터 끝까지 잘못되었다. 그저 사랑 하나로 나아갈 수 있는 이상적인 길 따위, 그에게 있을 리가 없었다.

"그래도 처음에는, 말하고 싶었습니다. 당신이 내 삶을 알아줬으면 좋겠다고 생각했습니다. 당신이 내 고통을, 아픔을 알아줬으면 좋겠다고. 하지만 막상 내가 마주한 당신은."

말이 잠시 끊어졌다.

"당신은…… 너무나도, 티 없이 순수하고 고결해서."

하이너는 한 걸음 그녀에게서 물러났다. 두 걸음, 세 걸음……. 그가 천천히 뒷걸음질 쳤다.

"그래서, 그래서 말할 수가 없었습니다."

커튼이 열린 창 안으로 달빛이 쏟아졌다. 하이너는 떨리는 손을 셔츠 단추로 가져갔다.

"당신과 나는 너무 다른 삶을 살았으니까."

그가 단추를 하나하나 풀어 나갔다. 흰 셔츠 자락이 벌어지며 단단한 맨가슴이 드러났다. 달빛 아래에서 몸체의 표면이 환히 빛났다.

툭, 셔츠가 바닥으로 떨어졌다.

아네트는 날카로운 숨을 들이켜며 두 손으로 입을 틀어막았다.

"그런 당신 앞에서, 이렇게나 비참하고 추한 나를…… 바닥까지 보이고 싶지 않았습니다."

그가 일그러지듯 미소 지었다.

"그래서 말할 수가 없었어……."

푸른 한밤의 빛 아래에선 모든 것이 창백하게 보였다. 마치 달빛이 사물의 색을 전부 앗아 간 것만 같았다.

아네트는 꽉 막힌 숨을 불규칙적으로 토해 냈다. 입을 틀어막은 그녀의 두 손이 덜덜 떨리고 있었다.

가리는 것 없이 드러난 그의 상체는 온통 흉터투성이였다. 성한 곳보다 성하지 않은 곳이 더 많았다. 수없이 얻어맞았던 가슴팍은 검은색이나 갈색으로 변색되어 있었고, 군데군데 칼로 그은 듯한 자상의 흔적이 가득했다. 옆구리는 최근의 총상으로 인해 아직 붕대를 감고 있었다. 그의 몸은 마치 반쯤 부서지고 갈라진 썩은 고목 같았다. 그 처참한 몸체의 한가운데에는, 영원히 지울 수 없는 낙형이 있었다.

열린 창가를 통해 서늘한 바람이 새어 들어왔다. 커튼 자락과 검은 머리칼이 얕게 흔들렸다.

"장교에 임관되기 전, 마지막 작전에서였습니다."

그는 차마 그녀의 얼굴을 볼 자신이 없어, 고개를 느슨히 떨어뜨린 채 말을 이어 나갔다.

"지독한 고문을 당하고, 동료들을 내 손으로 죽이면서까지, 나는 살고 싶었습니다. 살아 돌아가서…… 당신에게 말을 걸어 보고 싶었어."

그날.

눈부신 햇살 아래서 활짝 피어난 장미 정원을 거닐던, 설탕 인형처럼 완벽하고 아름다운 여자에게.

"그러지 말았어야 했는데."

"……"

"당신을 바라선 안 되는 거였는데."

바라선 안 되는 사람을 바랐다. 원해선 안 되는 사람을 원했다. 단순히 그녀가 디트리히 후작의 딸이어서가 아니었다.

그저, 그들은 너무나도 달랐다.

"……나를 사랑했다고?"

하이너는 전부 놓아 버린 것처럼 공허한 얼굴로 말했다.

"당신이 이런 나까지 사랑할 수 있었을까? 당신의 완벽한 삶에…… 이런 오점투성이인 나를, 과연 들이려고 했을까?"

아네트가 말했던 사랑, 그래, 사랑일 수도 있겠지.

디트리히 후작의 충실한 수하, 촉망받는 젊은 장교, 다정하고 바른 연인. 사랑으로 가득 찬 삶을 살아온 그녀를 위한— 완벽한 상대.

"아니지. 그럴 리가 없지, 당신이."

그게 정말 사랑이라면, 아네트는 그런 남자를 사랑했던 것이다. 이렇게 엉망진창으로 망가져 버린 남자가 아니라.

"이제 좀…… 대답이 됐습니까?"

짐짓 빈정거리는 말투였다. 하이너는 상처 입은 마음과 무너진 자존심을 애써 감추며 고개를 들었다. 그리고 한쪽 입꼬리를 올려 비웃음을 지었다. 지으려고 했다.

바로 다음 순간, 하이너의 얼굴이 멍해졌다.

그의 입꼬리가 파르르 경련했다. 그는 제가 무얼 하려 했는지도 잊어버린 채, 넋을 놓고 그녀를 바라보았다.

아네트가 입을 막았던 손을 천천히 내렸다. 푸른 눈에서 투명한 물방울이 끊임없이 굴러떨어지고 있었다. 눈물이 창백한 뺨을 덮었다.

그녀는 울고 있었다.

소리도 없이.

하이너는 돌파구가 없는 적진 한가운데 갇힌 병사처럼 주춤거렸다. 목 안에 돌덩이가 걸린 양 말이 나오질 않았다.

아네트가 한 발자국 그에게 다가왔다. 하이너는 저도 모르게 물러나려다 멈추었다. 그녀가 또 한 발자국 그에게 다가왔다. 둘의 거리가 점점 좁혀졌다. 어둠 속에 반쯤 잠겨 있던 그녀의 얼굴이 빛을 받았다. 다 낫지 않은 생채기가 군데군데 난 뺨은 축축했다.

아네트가 두 손을 느리게 뻗었다. 하이너는 어떻게 해야 할지 몰라 그저 멀거니 그녀를 응시하기만 했다. 곧 아네트가 두 팔 가득 그를 안아 왔다. 상처 입은 어린 동물을 위로하듯.

하이너의 몸이 뻣뻣하게 굳었다. 회색 눈동자가 격렬하게 흔들리기 시작했다.

맞닿은 피부 위로 온기가 느껴졌다. 그를 끌어안은 몸에서 작은 흐느낌이 흘러나왔다. 그 흐느낌은 점점 커져 오열이 되었다. 서러운 울음소리가 병실 안을 가득 채웠다. 그녀는 엉엉 울었다. 아이처럼 울었다. 얼굴이 눈물로 흠뻑 젖어 들어가는 것도 아랑곳하지 않은 채.

하이너는 삐걱삐걱 고개를 내려 품 안의 그녀를 바라보았다. 작고 여린 몸이 간헐적으로 들썩거리며 울음을 토해 냈다.

아.

그는 소리 없이 신음했다.

이렇게나 존귀한 여자가, 그의 보잘것없는 삶을 위해 울어 주고 있었다.

하이너는 제 가슴 깊은 곳에서 무언가가 파삭, 하고 깨져 나가는 소리를 들었다. 아주 오랫동안 기형적으로 얽히고 굳어져 그 자신조차 손댈 수 없던 것이었다.

죽을 때까지 안고 살아가리라고 여겼던.

기형의 덩어리는 계속해서 파삭거리는 소리를 내며 깨져 나갔다. 거기에서 떨어져 나온 파편들이 통증을 일으켰다. 그러나 결코 고통스럽기만 한 통증은 아니었다.

하이너는 이 감정을 어떻게 표현해야 할지 몰랐다. 그가 아는 단어로는 없었다. 그의 삶에서 단 한 번도 겪어 보지 못했던 감정이다.

젖은 숨이 입 밖으로 터져 나왔다. 그의 몸은 주체할 수 없을 만큼 경련하고 있었다. 이윽고 그가 허공에 멎어 있던 두 손을 들었다. 그리고 머뭇머뭇 그녀를 마주 안았다.

아네트는 계속해서 목 놓아 울었다. 그녀는 아무런 말도 하지 않앗지만, 하이너는 그녀의 감정들을 고스란히 느낄 수 있었다.

아네트는 말해야만 아는 것들이 있다고 했다. 그러나 이 순간 그는 생각했다. 말하지 않아도 알 수 있는 것들도 있다고.

그는 덜덜 떨며 그녀를 더욱 힘주어 끌어안았다. 다시는 놓지 않을 것처럼.

하이너는 또다시 신음했다.

그냥 이대로 시간이 멈추어 버렸으면 했다. 바깥세상 같은 건 상관하지 않고, 과거나 미래에도 구애받지 않고, 그저 이 순간이 영원하기를…….

하이너는 문득 제 턱 아래에서 떨어지는 무언가를 느꼈다. 눈을 감았다가 뜨자 그것은 얼굴을 타고 후드득 흘러내렸다. 자각하는 순간, 둑이 터지듯 눈물이 쏟아졌다.

그의 입에서 꽉 막힌 흐느낌이 새어 나왔다. 그는 상체를 웅크리며 그녀의 목과 어깨 사이에 얼굴을 묻었다. 그리고 하염없이 눈물을 흘렸다.

그저 하염없이.

그의 속에서 오랫동안 고여 썩어 가던 것이 눈물과 함께 쏟아져 나왔다. 숱한 아픔과 고통이 그의 삶을 증명하고 산화했다.

하이너는 그녀를 안은 채 무너져 내렸다. 둘의 몸이 바닥으로 천천히 내려앉았다. 아네트는 그의 어깨와 등을 계속해서 어루만졌다. 상처로 얼룩진 채 얽혀 있는 두 남녀 위로 희붐한 빛이 내려앉았다. 아름다운 달빛 아래서 그들은 아주 오래 울었다.

"아네트."

한참 만에 그가 입을 열었다.

"아네트……."

울음으로 엉망이 된 목소리였다. 하이너는 흐느낌처럼 중얼거렸다.

"내가…… 당신 삶을 망쳤습니다. 내가, 당신을 이렇게 만든 거야. 내가 당신을."

욱, 울음이 다시 한차례 토해졌다. 그는 경련하듯 몸을 한차례 떨고선, 헐떡이는 숨을 뱉었다가, 마침내 아득히 추락하며 고백했다.

"미안해……."

그렇게 말하는 순간— 하이너는 제가 오래전부터 이 말을 가슴에 품고 있었음을 깨달았다. 그녀를 볼 때마다 산란하던 머릿속도, 아프고 괴로웠던 마음도, 그녀를 제게서 떠나보내려던 다짐도, 그럼에도 끝내 놓지 못한 미련조차도. 모두 이 말을 가슴에 품고 있었기 때문임을.

"나를 용서하지 마."

하이너는 떨어지는 눈물과 함께 다시 한번 말했다.

"나를 용서하지 마, 아네트……."

그건 그의 삶 앞에 놓여 있는 미래를 전부 부정하고 파괴하는 말이었다.

그를 감싸 안고 있던 그녀의 팔이 떨어져 나갔다. 하이너는 상체를 웅크린 채 그저 가만히 있었다. 온몸에 한기가 돌았다. 불현듯, 온기가 있는 손이 그의 차게 젖은 뺨을 감싸 왔다. 그 손은 상냥히 그의 얼굴을 들어 올렸다. 그는 젖은 눈으로 그녀를 바라보았다. 아네트가 울음 섞인 미소를 지었다. 하이너는 그 미소에서 눈을 떼지 못했다. 그가 나지막이 입술을 달싹였다.

아네트.

당신이 웃으면, 당신이 웃으면…….

아네트는 눈을 감았다. 그리고 고개를 기울이며, 그에게 부드러이 입을 맞추어 왔다.

온 세상에 꽃이 피어나는 것 같았어…….

하이너의 눈이 커졌다. 그는 딱딱히 굳은 채 어깨를 떨며, 갈 곳 잃은 손을 방황하다가, 이내 천천히 눈을 내리감았다.

그건 남녀 간의 어떤 성애적인 행위가 아니었다. 다정한 애정의 키스도, 열기 어린 사랑의 키스도 아니었다. 속죄와 용서, 그리고 위로의 입맞춤이었다.

하이너는 제 속에서 격렬한 감각이 치밀어오르는 것을 느꼈다. 부서진 파편들을 헤집고, 뜨거운 무언가가 울컥울컥 솟아났다. 그녀는 그의 뺨을 쓸며 몇 번이고 입을 맞추었다. 서로의 모든 죄를, 모든 허물을 씻어 내리려는 것처럼. 그렇게 몇 번이고.

이윽고 입술이 느리게 떨어졌다. 하이너는 감았던 눈을 떴다.

그는 형용할 수 없는 온갖 감정들로 가득 찬 낯으로 그녀를 바라보았다. 아네트는 여전히 미소 짓고 있었다.

눈이 멀 것처럼 아름다웠다.

차오르는 물기에 그녀의 얼굴이 자꾸만 지워졌다. 그는 거칠게 눈물을 훔쳐 냈으나 눈앞은 금세 다시 부옇게 변해 버리고 말았다.

"미안해요."

아네트가 속삭이듯 말했다.

"내가 그렇게 말해선 안 됐는데, 그렇게 쉽게……."

잔잔하던 물결 위에 돌을 던진 것처럼, 그녀의 미소가 울음으로 어그러졌다. 참지 못한 흐느낌이 다시 터져 나왔다.

"많이 아팠죠……."

하이너는 떨리는 손을 들어, 제 뺨을 덮은 그녀의 손 위에 올렸다. 그리고 조용히 미소 지었다. 눈물방울이 그들의 맞댄 손 위로 떨어졌다.

그게 마지막 눈물이었다.

불어온 바람에 커튼이 흩날렸다. 밤공기가 방 안을 한차례 휘돌고 지나갔다. 무겁게 가라앉아 있던 짙은 감정들이 바람의 결을 따라 실려 갔다.

평생에 걸쳐 지나온 폐허의 끝에는, 꽃 한 송이가 있었다. 상처 입고 망가졌음에도 끝내 죽지 않고 피어난.

그거면 충분했다.

AU 715년.

강바람에 갈대들이 스스스 소리를 내며 흔들렸다. 돗자리 위에서 하이너에게 어깨를 기대고 앉아 있던 아네트가 문득 물었다.

"하이너, 악기 하나 배워 보지 않을래요?"

"갑자기 무슨 소리입니까?"

"애인과 합동 연주를 해 보는 게 꿈이었단 말이에요. 나는 피아노, 애인은 다른 악기. 내 평생소원인데."

'애인'이라는 말에 하이너의 손이 잠시 멈추었다. 그녀와 교제를 시작한 지도 벌써 반년이 넘었지만, 여전히 현실감이 들지를 않았다.

하이니는 언제 멈칫했냐는 듯 자연스레 어깨를 으쓱여 보였다.

"그 꿈은 이루지 못하겠군요."

"안 되겠다, 다른 사람 찾아볼래요."

그 말에 그의 한쪽 눈썹이 올라갔다. 아네트는 농담처럼 다른 사람을 찾겠다는 말을 종종 하곤 했다. 물론 썩 재미있는 농담은 아니었다. 하이너는 작게 한숨을 내쉬고선 그녀의 입에 포도를 넣어 주었다. 아네트가 자연스럽게 받아먹으며 중얼거렸다.

"아직 입 안에 있는 거 다 못 먹었는데."

"다른 사람은 어디서 찾으려고 그럽니까?"

"음…… 연주회장을 가야 하나?"

포도를 문 채 고민하는 그녀의 한쪽 뺨이 볼록했다. 하이너는 괜히 그 튀어나온 부분을 매만져 보며 부루퉁하게 말했다.

"잘생긴 사람이 좋다면서요. 잘생겼는데 연주까지 잘하는 남자를 찾기가 어디 쉬운 줄 압니까?"

"그건 그렇다. 잘생긴 남자 찾는 것만 해도 어려운데, 그죠?"

아네트가 가볍게 넘겼다. 그러나 하이너는 좀체 찝찝하고 불안한 기분을 지울 수가 없었다. 그가 충동적으로 입을 열었다.

"저도 악기 하나는 할 줄 압니다."

"진짜요? 거짓말. 뭔데요?"

"기다려 보십시오."

하이너는 일어나서 성큼성큼 갈대밭으로 내려갔다. 그리고 얼마 후 갈대 하나를 꺾어 들고 돌아왔다.

"이건 갑자기 왜요?"

아네트가 의아하게 물었다. 하이너는 안주머니에서 주머니칼을 꺼내 묵묵히 갈대를 자르고 심지를 분리했다. 칼로 갈대 중간에 홈집을 내고 이파리를 끼워 자르자 풀피리가 완성되었다. 훈련소에서 동기가 가르쳐 준 것이었다.

"풀피리입니다."

"피리라고요?"

아네트가 고개를 갸웃거렸다. 하이너는 풀피리 입구에 입술을 가져다 댄 후, 적당한 숨을 불어넣었다. 처음에는 쉭쉭 바람 소리만 나던 것이 점차 소리를 입기 시작했다. 평화로운 강가의 들판 한가운데서 삑삑거리는 소리가 났다. 영 어울리지 않는 음색이었다.

몇 번 더 풀피리를 분 하이너가 천천히 손을 내렸다. 아네트는 멍해진 얼굴로 그와 풀피리를 번갈아 보고 있었다. 그 얼굴에 하이너는 조금 머쓱해져서 뒷머리에 손을 가져다 댔다. 괜히 했나 싶었다. 그렇게 생각하는 순간, 아네트가 웃음을 터트렸다.

"하하, 아하하하! 그게 뭐예요!"

그녀는 한 손으로 입을 가린 채 웃다가, 이내 그것마저 잊고선 깔깔대며 웃었다. 웃음소리가 한참이고 이어졌다. 하이너는 저도 모르게 홀린 듯 그 얼굴을 응시했다.

발갛게 달아오른 뺨과 이마에 달라붙은 머리칼, 접힌 눈꼬리와 환하게 벌어진 입매, 맑게 터져 나오는 웃음소리······.

그 모든 모습이 일련의 박제된 장면처럼— 하나하나 그의 눈 안으로 박혀 들었다. 순간적으로 온 세상이 환해지며 가슴이 울렁거렸다. 심장에서 미묘한 통증이 느껴졌다. 그는 희미하게 인상을 찡그렸다.

"아하하······. 그럼 난 피아노를 치고, 당신은 옆에서 그걸 불고 있는 거예요? 안 되는데. 관객들이 다 당신만 쳐다볼 거 아니에요. 난 주목받는 게 좋단······."

"아네트."

"응?"

"입 맞춰도 됩니까?"

갑작스러운 말에 당황했는지 아네트가 눈을 빠르게 깜박였다. 얼마간 둘 사이에 침묵이 흘렀다. 수 초 후 그녀는 다시 웃음을 터트리더니, 두 손으로 그의 뺨을 감쌌다.

"새삼스럽게 왜 그런 걸 물어요?"

하이너가 느리게 고개를 내렸다. 아네트는 잔잔히 미소 지으며 눈을 감았다. 이윽고 입술이 맞닿았다.

강바람이 언덕을 타고 그들에게까지 밀려왔다. 이제 피어나기 시작한 꽃들이 잘게 흔들렸다. 부드러운 꽃향기가 입 맞추는 연인을 감싸 안았다.

봄이었다.

어느덧 퇴원이 사흘 앞으로 다가왔다.

왼손을 제외하면 아네트의 몸은 완전히 회복되었다. 의사는 사실 지금 바로 퇴원해도 된다고 했지만, 하이너가 며칠 더 머무를 것을 권유했다.

그는 아네트의 치료에 상당히 집요하게 굴었다. 특히 재활 훈련 때는 감시자처럼 옆에 서서 지켜볼 정도였다. 덕분에 아네트는 없는 의욕에도 불구하고, 반강제로 재활 훈련에 열심히 임해야 했다. 물론 이 훈련에 대한 눈에 띄는 결과는 아직 느끼지 못했다.

그들은 종종 함께 산책이나 식사를 했다. 서부전선 후방의 지휘부 막사에서 그러했던 것처럼.

"오늘은 나가기 싫어요."

"종일 안 나가 놓고선 뭐가 싫다는 겁니까?"

"어제 나갔잖아요."

"어제는 어제고. 볕이 좋습니다. 병실 안에서만 이러고 있으면 나을 병도 안 나을 겁니다."

"아……."

그가 이럴 때마다, 아네트는 산책에 의욕적인 주인을 둔 게으른 개의 심정을 알 것만 같았다. 막상 이렇게 나오면 날도 좋고 공기도 상쾌해서 기분이 괜찮아지기는 했지만, 어쨌든 나오는 행위 자체가 너무나 귀찮은 건 어쩔 수 없었다. 한창 전시일 때는 어떻게 그리 부지런할 수 있었는지 믿기지 않을 정도였다.

아네트는 한 손을 이마에 대어 차양을 만든 채 고개를 들었다. 무연한 하늘을 나뭇가지들이 어지럽혔다. 가지 위로 꽃망울이 움트고 있었다.

"이제 정말 봄이네요."

"봄이 온 지는 한참입니다."

"완연한 봄이라는 거죠."

"시기상으로 이미 완연한……."

아네트는 그의 말을 끝까지 듣지 않고 앞서갔다. 그러나 그가 성큼성큼 몇 걸음 걸어오자마자 금세 따라잡히고 말았다.

그녀의 옆에 붙어 선 하이너가 덧붙였다.

"완연한 봄이구요."

아네트는 짧게 웃음을 터트렸다. 한동안 그들은 말없이 산책로를 걸었다. 둘의 그림자가 뒤로 길게 늘어졌다.

볕을 즐기며 조용히 걸음을 옮기던 아네트가 생각났다는 듯 입을 열었다.

"아, 하이너. 그러고 보니…… 혹시 그로트 가의 소식에 대해 아는 것이 있나요? 전화가 연결되지를 않아서."

"신시어 폭격 때문이군요."

"아마도요."

"올해엔 그로트 가와 연락한 적이 전무한 터라…… 그에 관해선 아는 것이 없습니다."

"그런가요……."

아네트의 얼굴이 약간 어두워졌다. 역시 직접 찾아가 보는 수밖에 없는 듯했다. 그동안 카트린과 주고받은 편지들을 곰곰이 되짚어 보던 그녀의 걸음이 돌연 느려졌다.

「맙소사, 전남편을 만났다고요? 솔직히 말하자면, 전 그 사람이 당신을 찾아갈 거라고 예상은 하고 있었어요.」

문득 편지의 한 구절이 머릿속을 스쳐 지나갔다.

「그는 당신의 종군 소식을 듣자마자 내게 전화했거든요. 화내는 게 얼마나 무섭던지…….」

"하이너."

아네트가 걸음을 멈추며 그에게 고개를 돌렸다.

"혹시 나와 이혼한 뒤로…… 카트린과 계속 연락을 해 왔나요?"

하이너는 그녀를 따라 멈추어 섰다. 시선이 허공에서 맞닿았다. 뜻 모를 얼굴로 그녀를 잠시 응시하던 그가 한 박자 느리게 입을 열었다.

"당신이 그로트 가에서 살기 시작했을 때부터 그들과 지속적으로 연락을 주고받았습니다."

"……처음부터였군요."

"별다른 뜻이 있어서 그랬던 건 아니었습니다. 단지 당신은 불안정한 상태였고, 혹시 모를 사태를 대비해서―."

"이해해요. 당신에게 뭐라고 하려는 게 아니에요."

아네트는 부드럽게 고개를 저었다. 그는 무어라 더 말할 듯 입술을 달싹이다가, 이내 다물어 버렸다. 그들은 다시 걸음을 옮기기 시작했다. 풀숲 너머에서 아이들이 와르르 웃는 소리가 났다. 산책로 끝에 다다를 즈음, 그가 조심스레 말을 꺼냈다.

"아네트, 제대하고 나면…… 어디로 갈 생각입니까?"

아네트는 몹시 의외의 질문을 들은 것처럼 잠시 주춤했다.

병원에서 다시 만난 후, 그들은 단 한 번도 미래에 관한 이야기를 꺼낸 적이 없었다. 그건 암묵적인 무언가였다. 그들의 대화에는 미래가 없었다. 아네트가 말했던 대로― 그 밤의 속죄와 용서는 각자의 삶에 남게 될 후회를 위한 것일 뿐, 그들의 미래를 보장하지는 않았다.

그러니 가야 할 길에 달라진 것은 없었다. 그녀는 조만간 제대할 테고, 전선에서 멀리 떨어진 본토로 돌아갈 것이며, 그들은 예정되었던 대로 헤어질 것이다. 그녀도, 그도, 이를 알고 있었다.

모호한 듯한 아네트의 표정을 확인한 그가 변명처럼 말했다.

"난 단지― 당신이 필요한 게 있다면…… 그러니까 혹시 타국으로 망명을 원한다거나, 특별히 살고 싶은 지역이 있다면 내게……."

"망명은 하지 않아요."

"……하지만 그편이 당신이 더 행복할 수도 있을 겁니다."

우리가 이제 영영 만나지 못하게 된다고 하더라도. 하이너는 뒷말을 삼켰다.

아네트는 눈을 내리깐 채 얼마간 아무 말도 하지 않았다. 꽃잎 한 장이 살랑거리며 그녀의 어깨 위로 떨어져 내렸다. 하이너는 손을 뻗어 그녀의 어깨 위에 붙은 꽃잎을 떼어 주었다. 아네트가 눈을 들었다. 가까운 거리에서 시선이 마주쳤다. 그녀는 담담히 입을 열었다.

"종군 간호사로 지원할 때부터 결심했었어요. 이제 더 이상 피하지 않겠다고. 내가 감수해야 하는 것이라면, 감수하겠다고요."

"……."

"난 행복한 삶을 살려고 하는 게 아니에요. 더 나은 삶을 살려고 하는 거죠."

아네트가 빙그레 미소 지었다.

"그러니까 괜찮아요."

하이너는 짙게 가라앉은 눈으로 그녀를 내려다보았다. 그의 손 안에서 꽃잎이 짓이겨졌다. 손에 힘을 풀자 그것은 바닥으로 추락했다.

"어째서입니까?"

하이너가 나직이 물었다.

"당신은 더 행복해질 수 있는데."

그건 꼭 그래야만 한다는 말처럼 들렸다. 마치 스스로에게 하는 말 같기도 했다. 아네트는 희미하게 웃으며 중얼거렸다.

"……글쎄요."

사실 꽤 오랫동안, 그녀는 스스로가 행복하다고 느낀 적이 없었다. 카트린의 집에서 평온함과 안정감을 느끼기는 했지만 그걸 '행복'이라고 정의하기는 어려웠다. 구태여 따지자면 로젠베르크 저택에 살았을 때나, 그와 지냈던 1년간의 신혼 생활이 그녀에게는 행복이 절정이던 시기였다. 그러나 이젠 그때로 돌아갈 수도 없을 뿐더러 그러고 싶지도 않았다.

아네트는 혁명 이후로 모든 것이 망가졌다고 생각했었다. 그러나 아니었다. 혁명 이전부터, 오래전부터, 그녀의 삶을 둘러싼 세계는 망가져 있었다. 그 위에 쌓아 올린 행복이었다.

"사람에게 행복의 양이 정해져 있다면, 나는 이미 그걸 과거에 전부 누렸다고 생각해요."

아네트는 산책로의 끝에서 걸음을 틀며 담담히 말했다.

"나는 이제 적어도 불행하진 않을 거예요. 그렇게 생각해요. 그리고…… 그거면 됐어요."

평온한 음성이 햇살 아래서 차근차근 잠겨 들었다.

"당신은요?"

되돌아온 질문에, 일순 그의 눈동자가 옅게 흔들렸다.

"당신은 전쟁이 끝나면 뭘 할 건가요?"

전쟁이 끝나면…….

나뭇잎 그림자가 그의 얼굴을 얼룩덜룩하게 물들였다. 하이너는 그 질문을 곱씹어 보았다.

그녀를 뒤쫓는 데 생의 전부를 썼다. 아득바득 손에 쥐어 온 것마저 전부 그녀를 뒤쫓기 위함이었다. 그리고 이제는 아무런 소용이 없게 되었다. 그의 삶에는 더 이상 해야 할 일이 남아 있지 않았다.

그럼에도 하이너는 입을 열어 대답했다.

"살아가겠죠. ……지금까지처럼."

내 삶을 가리운 당신의 그림자 아래에서.

그는 행복할 수 없었다. 불행은 예견된 것이었다. 어쩌면…… 이

불행은 결코 벗어날 수 없는 태생적인 것일지도 몰랐다.

하지만 이제는 괜찮았다. 정말로 괜찮았다. 길고 외롭고 어두웠던 터널을 지나왔다. 터널 바깥은 밤이었고, 그의 세계는 여전히 깜깜했지만, 이제는 불행할지언정 고통스럽지 않았다.

제 삶은 달빛이 아름답던 그 밤에 모두 소진되었다.

당장 죽는대도 그는 괜찮았다.

햇빛이 땅 위로 부서졌다. 자잘한 유리 조각을 흩뜨려 놓은 것처럼 길이 반짝거렸다. 어느 순간 불어온 바람에, 꽃잎 몇 장이 허공을 휘돌았다. 아네트는 그 가운데서 물끄러미 그를 바라보았다. 무언가 원하는 대답을 듣지 못했다는 표정이었다.

그러나 그녀는 더 이상 묻지 않았다.

그저 그와 함께 길 위를 걸어갈 뿐이었다. 발걸음을 나란히 한 채.

〈4권에서 계속〉

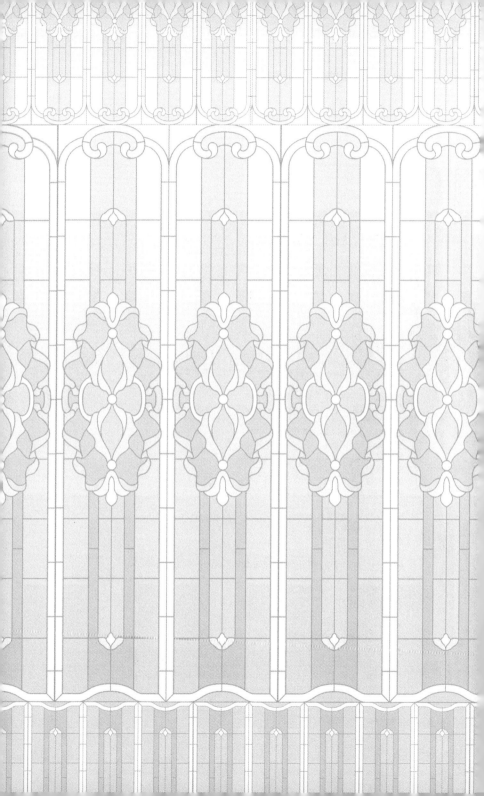

사랑하는 나의 억압자 3

초판 1쇄 인쇄 2024년 4월 25일
초판 1쇄 발행 2024년 5월 1일

지은이 서사희
펴낸이 김선식

부사장 김은영
제품개발 윤세미, 설민기
웹툰/웹소설사업본부장 김국현
웹소설팀 최수아, 김현미, 심미리, 여인우, 이연수, 장기호, 주소영, 주은영
웹툰팀 이주연, 김호애, 변지호, 안은주, 임지은, 채수아, 최하은, 조효진
IP제품팀 윤세미, 설민기, 신효정, 정예현, 정지혜
디지털마케팅팀 김국현, 김희정, 신혜인, 이소영
디자인팀 김선민, 김그린
저작권팀 한승빈, 윤제희, 이슬
재무관리팀 하미선, 김재경, 윤이경, 이보람, 임혜정
제작관리팀 이소현, 김소영, 김진경, 박예찬, 이지우, 최완규
인사총무팀 강미숙, 김혜진, 지석배
물류관리팀 김형기, 김선민, 김선진, 전태연, 주정훈, 양문현, 이민운, 한유현
외부스태프 크리에이티브그룹 디헌(디자인) 영수(일러스트)

펴낸곳 다산북스 **출판등록** 2005년 12월 23일 제313-2005-00277호
주소 경기도 파주시 회동길 490
전화 02-702-1724 **팩스** 02-703-2219 **이메일** dasanbooks@dasanbooks.com
홈페이지 www.dasan.group **블로그** blog.naver.com/dasan_books
종이 스마일몬스터 **출력·인쇄** 민언프린텍 **코팅·후가공** 제이오엘엔피 **제본** 다온바인텍

ISBN 979-11-306-5193-4 (04810)
ISBN 979-11-306-5165-1 (SET)